寺泊・わが風車

TsutOmu
MiMukaMi

JN213332

水上勉

P+D BOOKS
小学館

目次

寺泊《てらどまり》

一

よこしなぎの雪が寺泊の海岸へ降りかかる。海はよごれた灰いろで、高波は砂丘の砂をけずるせいか、褐色の長い布を吹きあげるみたいに空へ高まる。かと思うと、すぐうねりを低めて岸へ近づいてくる。岸の下にはある種の動物の裸体を思わせるテトラポッドが、遠く出雲崎《いずもざき》の断層の方までのびている。それへあたってくだけては退き、くだけては退きしている。見ていると、緩慢なくりかえしだが、風と雪が激しくなるので、海は猛《たけ》りをあきらめ、ただその荒々しい行為をつづけるだけだという表情に思えた。それにしても、なんと荒涼たる町か。海岸通りは、船小舎《ふなごや》と製材所と給油所が表へ出ているが、あいだに、とびとびに、人家とも倉庫ともつかぬトタン屋根のひしゃげた平家が、雪囲いの茅《かや》の束をふるわせているばかりで、人影はないのだった。風のなかで啼《な》いているのは、灰黒色の羽をひろげてむれとぶ、腹の白い海ねこだ。

ぼくは、こんなことなら、丘陵の向う側の街道をゆけばよかった、と思った。だが、運転手が給油所へ、チエンを買求めにゆく少時を、吹きさらしの海岸の製材所よこにおろされて、よかったと思いかえしていた。こんなことでもなければ、この町の冬景色にめぐりあえなかったろう。運転手は、給油所が休みなら、役場へ廻ってチエンのある店を教えてもらってくる、といって出たが、だいぶ時間がかかりそうだった。ぼくは少し町を歩いてみようと思った。

越後へきた用事はすんでいた。国上山麓《くがみさんろく》に住むS高校の教師で良寛研究家でもあるAさんが、このたび、土地の出版社から『良寛書簡集』を出した。学校の余暇に、数年の歳月を費して足で求めた、国上山かいわいの素封家《すほうか》や酒造問屋などに保存されていた良寛書簡を、世に問うたのだが、これがおもしろかった。良寛は一般には、山上の五合庵《ごごうあん》に住んで清貧孤独を愛し、子供と手鞠《てまり》ついたり、かくれんぼしたりしてくらした、天真の人といわれてきたが、書簡の大半は、借金やら、米、味噌、薪の無心や、冬ごしの袷《あわせ》の洗い張りまで頼んでいて、それらの無心も人を介して持参させたものの礼状が多い。いんきん、たむしの薬の礼状もあった。七十近くまで、弟子ももたず、経もよまず、自ら大愚風来の乞食僧《こつじきそう》だといい、ただ歌をよみ、子とあそび、酒をめぐまれて、畦《あぜ》をまくらに寝たといわれるが、のんきな日ばかりだったわけでもあるまい。寒い冬は、戸をしめた五合庵の一と部屋では、火を焚《た》けばいんきんにもなったろう。耕さぬ男なら米は無心にきまっていたし、年とれば薪割りも億劫《おっくう》だったにちがいない。Aさんの集めた書簡は、伝説の聖人を、一挙に地へおろした観があり、実像を推察させるに少なからず力があった。ぼくはかねてから、このAさんに会って仕事ぶりに敬意をのべたかったし、長年の書簡集めの苦労話もきく機会を持ちたかった。それで、Aさんの都合をたずねていたところ、学校が休みの日曜なら、学期末試験の採点もあって多忙だけれど、少時会いましょう、とこの日を指定してくれた。それでやってきたのだが、もうその用件もすんでいた。帰りは寺泊へ廻ってみようと計画したのも、一つは、良寛が、玉島円通寺修行後、三十四歳で姿をくらまして数年後に、飄然《ひょうぜん》と出雲崎へもどり、弟にあずけていた生家へも入らず、附近の破れ堂に住んで乞食して歩いた道を歩いてみたかったからだった。ドライブインや、食堂の出来たアスファルトの本道をゆくより、多少、道は悪いけれど、寺泊へ出て、海ぞいの古道を出雲崎へ出た方がよいだろう。そう思って、運転手に廻り道を頼んだのだが、新潟からきたこの三十そこそこの運転手は、まさか、こんな大雪にめぐりあおうとは予想していなかったといい、寺泊へ入ると、すべり止めのチエンを求めに走った。

ぼくは、歩いているうち、はじめは凍える寒さに閉口していたが、歩くうちに軀《からだ》がぬくもった。雪を頰にうけていると、次第に腹が熱くなった。運転手は、製材所の前でぼくに待っているようにいい、百メートルほど先の給油所らしい標示のある地点でいったん停めた様子だったが、すぐまた車へもどって、五十メートルほどいった地点で町なかの方へ折れて見えなくなった。そっちが町なかだと判断できるのは、粉雪のなかなのではっきりせぬが、家なみが混んでいるのと、火の見と、役場らしい建物がみえたからだった。町は中心あたりを百メートルぐらい家を混ませて細長く続くだけで、南の方は峻《けわ》しい断崖にせばめられている。北の方も、国上からきた分水ぞいの街道は町なかへ呑まれていたから、海岸道路は二百メートルぐらいで河口へつづく砂丘の低地だった。ひねくれた小松が雪風に折れまがりかねないほどにゆれている。したがって、弥彦も角田も見えやしない。

ぼくは、出雲崎や、国上山へは二、三どきているが、寺泊へきたのははじめてだった。ここには良寛の少時住んだ寺があった。地図によれば段丘の中腹あたりにあるはずだったが、いまは、そこへ歩をのばす勇気もなかった。製材所のわきから、岸壁へゆく道とも貯木場ともつかぬ広場をよこぎって、町と反対の岸の方へ歩いていった。

二

高波は、ぼくの背丈すれすれぐらいの防波堤へのしかかるようにうちよせる。堤のへりに手をつき、遠い出雲崎の方角を見た。何も見えやしない。ただ、もう断崖へよせる波ばかりだ。波は、地球のコブに襲いかかって、そのコブの皮をはぐみたいだ。鼠色の雪ぐもの下、なだれ落ちる山塊。錫《すず》いろの岩肌と灰色の海。よこしなぐ雪は、もう乳色にぼくの視界を染めるばかりだった。

なるほどな、とぼくは思いはじめていた。Aさんとの少時の話題が思いかえされたのだった。

「にせものもありますけれども、そのにせものにしろが、内容のおもしろさで、事実を裏付けているようですね。材料までの創作は考えられませんから、タネがあってのニセ手紙といえましょう」

とAさんはいった。眼鏡をかけた顎の細い顔立ちには、この人の律義さと、永年、地方の高校に教鞭をとる気質が出ているように思えた。

「おっしゃるように、研究者は、一次資料のみでその実像をみようとします。となると、これはどうもくせもので、歌や詩や、宗教的な述懐からあぶりださざるを得ませんね。経文や歌の世界には、たしかにきれいさはあり、澄んでもいましょう。みな建てまえの世界ですからね。しかし記録はなくても、飢饉の折りに、雀にくれてやる米などありはしない、多少は貯え米もなければ、死んでしまいましょうに。その点、書簡をみて、自分もびっくりしましたし、はじめて生きた人間を見たように思えたんです」

ぼくが、子供とかくれんぼした良寛が、朝になっても藁のなかにいたという挿話をくさした時のこたえだった。かねがね、あのかくれんぼの話は好まなかった。ぼくの故郷の若狭などでは、農家の主婦は、朝暗いうちに起きて、その日の堆肥の準備ぐらいはひとりですませた。それは飯前の仕事であった。主婦たちはいらだっていた。かりに藁束をとろうとして、中にかくれていた良寛坊主が出てき、シッと子供らへの口封じの合図をしようものなら、横面の一つも撲《なぐ》りつけたろう。この糞坊主め、仕事の邪魔をするな、どなりつけたいのは人情であった。美談などであるものか。耕しもせず、法を説きもせず、檀家《だんか》廻りもせず、ただ、乞食のようにほろつき歩いた坊さまを聖人だとした越後は、それだけ余裕のある米どころだったか。くわしいことはわからぬが、越後も、良寛が生きた時代は飢饉つづきで、柿崎では年貢控除の歎願《たんがん》で一揆が起きているし、刑死者も出ていた。餓死者は千人を越えたと、郷土誌の記録にあった。そんな時節に、子供と手鞠つきでもあるまい。もっとも高倉テル氏によると、託児所の創始者ということになっている。手鞠をついたから託児所でもあるまい。手鞠をつけぬ赤子を良寛が背負うて乳乞いしたという記録はどこにもない。新しい記録は、Aさんの書物にあらわれて、八十余種類に及ぶ生活必需品の無心状だった。かさねて羅列してみるが、蚊帳、鍋、提灯《ちょうちん》、肌着、帽子、炭、蒲団、円座、足袋、酒、煙草、あらめ、かんぴょう、くず粉、煮豆、味噌、納豆、昆布、鮒《ふな》、肴《さかな》、油揚、大豆……、貧民の子らが口に出来ぬ豪奢《ごうしゃ》な喰い物と日用品の礼状ばかりだ。

「良寛は童貞だったとお思いですか」

ぼくはついでにきいてみた。Aさんはこの時、やわらげていた顔を教師らしくひきしめて、

「そんなことはないでしょうね」

といった。これもぼくと同意見だった。年老いてからの貞心尼《ていしんに》との素朴な交際はいざ知らず、玉島円通寺出奔後、三十八歳ぐらいまで男ざかりをどこで何をしていたか。かりにあの天真爛漫の知足生活が、彼の悟りの境涯とするなら、苦惨と背信とで地獄を這《は》い歩いた果ての虚無に近かろう。女を知らぬではうたえぬ消息の歌も二、三あった。

帰りしなに、家の門ぐちまで送りにきたAさんの三十前後の丸ぽちゃ顔の奥さんが、ぼくに

土産だといって二個の手鞠をくれて、

「お子さんの軀の具合はいかがですか」

と次女の容態をきいた。

「ひまをみてわたしがつくったものです。試作品で包み紙もありませんが、どうぞお子さんに」

わたされた裸の手鞠は、小さいのと大きいのと二つあった。両方とも赤と青と黄の絹糸が、まぶしいほど放射状をえがいてまかれていた。ぼくが東京から電話したため、くる日もわかっていたので、奥さんが根《こん》をつめてつくって下さったものに違いなかった。それをぼくは、抱きかかえて車へ乗った。

ぼくの次女は先天性の脊椎《せきつい》破裂症で、重障の部類に入る障害児だった。ぼくは、この娘が誕生してまなしに、障害児施設の増設を政府に進言したり、小説の題材にしたりした。そのことで、かなり身内の事情を世間にさらす結果になった。おそらくAさんの奥さんも、それで次女のことは知っていたのだろう。妻は、子が三歳の時に、自分の腰の骨をピース箱二つぐらい切り取って、子の骨盤部に移植した。手術は別府の病院で三年近い歳月を費した。ぼくは、この費用を稼ぐ責任があったが、自分の骨を切ってやる勇気はなかったのだ。子は母の骨をもらったことで、その骨が成育すると共に、それまではあぐらをかいたままだった状態から立つことも出来、学校へも入れ、階段は妻が背負って、廊下は松葉杖で歩けた。だが、ふくらはぎから下の死んだ部分は、嬰児《えいじ》のままなので、未発育な先はしめじ茸のように白いのだった。

妻は子の障害の完全快癒《かいゆ》はあきらめていた。子もまたその覚悟で生きていた。骨を分ちあったふたりには、世間の母娘《おやこ》とちがった格別の絆があって、父親のぼくが立ち入れない雰囲気でもあった。ぼくが出来ることは、人工尿器や歩行具の取換えがしょっちゅうだから、その都度かかる病院代や、学校の費用を稼ぐ以外になかった。それで、当人たちには工夫と辛労にあけくれる日常も、傍観者の立場で創作に登場させた。このことは妻と子の反感を買った。だが、いくら反感を買っても、世間に発表した以上はもとへもどらない。ぼくの責任なのだった。

ぼくには家人の誰より、子に薄情なところがあった。この性格は、ぼくの両親のせいではなく、ぼく自身が、ぼくの中で培ったものであった。ぼくは、十歳で両親とはなれて、禅寺でくらした。十七歳まで仏道修行だったが、十七歳で寺を脱走して、それ以後、仏門に帰らず、また生家へも帰らず、今日に至った（良寛への関心もそのことによるのだが）。その間、ぼくはかずかずの女道楽もし、職業も転々としてきた。子に骨をくれた妻は最初の妻でもなかった。放浪中に結婚して別れた女に子があって、それがいまの長女である。いまの妻は、子づれ男のところへきたわけだ。長女が十歳の時だった。ぼくの家は、つまり、この長女と次女との四人ぐらしだが、次女は来年は高校に入る。両足と同時に、排便器官も死んで、一日に五どはさしかえねばならぬ人工尿器を腰につるして生きる次女。それを妻にまかせて、ぼくは一人で信州に仕事場をもち、時たま東京へ帰っても、子と妻に顔をあわせただけで、すぐ山へ帰る。いまのところ、ぼくはこの生き方しか知らない。

「越後へ行ってくるぞ」

とぼくは、こんどの旅行に出る前には、東京へ帰っていったものだ。子も妻も、べつだんの反応を示さなかった。ぼくがどこへ旅行しようが、たとえば中国へ行こうが（去年の六月に行った）、デンマークへ行こうが（一昨年の五月に行った）、気にしていないふうだった。そのように装っているのかもしれないが、ぼくの出てゆくことには馴れている。ふたりは黙って微笑するのだ。足の死んだ子にも、看護役の妻にも、デンマークと越後は同じ遠さだろう。父はそこらじゅうを旅して好きなことを書いて生きる。

Aさんの奥さんから、心づくしの二個の絹色糸でかがられた手鞠をもらって、ぼくの頭をかけめぐったのは、このような、きわめて短かい感懐であった。そういえば、ぼくは外国へ行った時はべつだが、二、三日の国内旅行では、めったに母子にみやげを買ったことがなかった。別居していることもそれに竿さした。別居していても妻子によく土産を買う人はいるが、ぼくにはそれが出来なかった。見えすいたことを嫌うわけでもないが、性分だからしかたがない。人の子とかくれんぼしたり、手鞠つきした良寛に文句をいえるどころか、自分の子にさえぼくは手鞠をついてやったことはないのである。

「お客さん、本道を通った方がよかったね」

と運転手はいったものだ。海岸線を弥彦山系のなだらかな丘陵が南下している。内側を走れば雪も風もなかったが、外海側へ出たおかげで、こんな目にあったと舌打ちしていた。

三

ぼくは製材所の裏からの海の眺めにあきてきた。そろそろ車のもどってくる頃なので、先の方へ歩いて待つことにした。見るほどに町は丘陵にへばりついていた。こんな外岸になぜ町が成立したのだろう。漁業の便利さもあろう。が、良寛生家のある出雲崎にしても、ともにせばまった岸と丘陵のはざまにある。風に吹きよせられたように固まる町。日がな荒波になぶられる町。ぼくは、この町には波の音のしない日はないのだろうと思いながら南へ向った。家は混んできた。どの家もトタンぶきで、雪がつもり、軒下の黒板が白黒写真のように浮いていた。ぼくは郵便局の前を通って、先程、運転手がいちど降りてみていた給油所のある地点にきて足をとめた。歩いている時には気づかなかったのだが、五十メートルほど向うで人だかりがしていた。湯気とも煙ともつかぬものがたちのぼっている。と、そっちの方へ、町の男女が、頬かぶりして急ぎ足でゆく。小路があるらしく、そこは先程、運転手が折れた道であった。ぼくは自然と歩を早めた。と、この時、小路の角から、女が男を背負ってとび出てきた。ぼくの方へ背をむけ、女は、男を背負って走りだすのだった。うしろ姿だから年恰好はわからぬが、たぶん女は四十すぎていよう。しゃがみ腰で、これも五十近い男を背負っている。雪が小止《こや》みだったとはいえ、よこしなぎの力をゆるめた程度なので、背負われた男の黒い綿入れ袖なしへ、雪は矢のようにかかる。ぼくは、煙の出ている家で何か人寄せがあるな、と思った。無人だった海岸通りに、急に人影が乱れだしたのは、不思議な活気のようなものをぼくにあたえた。ぼくは格別に興味をふかめたわけでもないが、そっちへ近づいていった。男を背負っていった女は、やがて人だかりの中へ消えていた。

ぼくは見た。カニ屋だった。いや、カニ屋などというものではなくて、漁業組合の即売場といってもよかろうか。ひしゃげたトタン屋根が、錆びついた裏側をあらわに、低く道路へとび出た店に、いま、十四、五人の町の男女がむれていた。前に出された腰高の戸板に、ゆでたばかりの、太長い爪のわりに、甲がやや小さなズワイガニが、無造作に山積みされていた。むらがった男女たちは、手籠をもっている者もいたり、もたないものもいたが、誰もがただ、押しだまって、カニを喰っていた。ぼくは、不思議な驚きをおぼえ、立ち止ったまま、男女のただむしゃぶりつくカニの、手早い処理のしかたに眼をとられた。子供も二、三人はいた。誰もがしゃべらないのは、喰っているから当然としても、四十前後から六十近い男女だった。雪のふり込む野天で、息をころしてカニを喰うさまは、これまでどこでも見たことのない、異様な光景である。

頰かぶりしている男がいた。首まきをたらして胸をあけた、男のような黒い顔の女もいた。近づくと、それらの男女の体臭が鼻をつくと同時に、カニのむれた臭気もした。何やら奥の方で、声があがる。湯気のもとはそこで、屋根の下はコンクリートの三和土《たたき》らしいが、火が焚かれて釜が煮えているのだ。と、急に湯気が大きく立ちのぼった。ゴム手袋をはめた男が、戸板の上へ新しいのをぶちあけた。ズワイガニは、軽石をころがすような音をたて、橙《だいだい》いろに艶光《つやびか》りしてなだれ落ちた。と、その新しいのへ、男女は、す早く手をのばすのだった。喰っているものも片手をのばす。足など裂かず、手早く口に噛んで、肉を巧妙にしごいて喰うのもいる。甲羅の味噌を、人だかりからはなれて、軒下へ走ってしゃがんですするのもいる。甲羅をはがしたあとの、白い腹に生えた鼠いろの太毛を、器用に爪でかきむしったあと、二つに折りちぎって、片方を手に、片方は口へ押しこめ、軍鶏《しゃも》のようにのど仏をうごかすのもいた。ぼくは、その中に、一人だけ、丸太に腰をおろして足をちぢこまらせ、しきりと甲羅の汁をすすっている男を見た。いまし方、女に背負われてきた男だった。その証《あか》しに、わきに女がいた。見たとおり四十四、五だ。髪型は手拭をかぶっているのでわからぬが、漁師の妻にしては色の白い細面の都会風の顔立ちで、近くの人家の主婦にちがいない。丸太に腰かけた男へ、せわしく、カニの腹をわたし、足をわたし、甲羅をわたしする気配は、男が病人かなんぞであって、どこか不自由な身であることがわかった。ぼくは、この夫婦が――と勝手に判断してみていたのだ。町の衆とちょっとはずれて、ふたりだけのひそかな和気をそこにみせているのを感じた。女は色白だがいやに鼻が高い。ととのいすぎた造作も気になった。カニの拇指《おやゆび》の爪をつかむと、足を巧妙に割った。そして、男の喰ったあとの甲羅へ、身をためてはわたしてゆく。もちろん、女もしゃがんでいて、かなり肉づきのいい股をひらき、膝の上で器用に肉をつついているのだ。馴れた手つきであることもしだいにわかる。多少は漁夫らしくない暮しぶりに見えても、この町に長く住む者に相違ない。

ぼくは女の表情と、男の表情とを、もう少しくわしく見たかった。で、人だかりのうしろから近づいて、気づかれぬように眼をすえてみた。男は頬のこけた、ギョロ目の顔だちで、どうみても、病人相だ。それは神経性の欠陥を想像させもした。いや、いらだった眼もとは、やはり足か、腰かの骨を折っているためか、あるいは、手がうごかぬか。とにかく、女からうけとって口にする手のうごかしようにぎこちなさが目立った。胃や腸がわるいのでは、こんなに大口あけてカニは喰えまい。そう思って見ていると、女は、男に身をためてはわたすものの、当人は何程も喰っていないことがわかる。時折り、甲羅からこぼれそうになる身とか、足の関節の奥につまって身のとりきれぬ部分がのこった時、足を長いまま荒々しく口に入れ、嚙みしごきながら、男のための身をあつめる手は休めない。しばらくそれを見ていると、ぼくは、この男女は夫婦と見たのはまちがいで、あるいは、父親と娘ではあるまいか、と思うようになった。どこといって確かな証拠があるわけでもないが、見るほどに、女は若く思えた。それに、男の方の老けがふかい。もっとも病人なら、老けた様子も自然である。だが、妻ならば、夫へのこの孝養は心をうつ仕業ながら、多少は人眼もはばからねばならぬふうにも考えられる。

ぼくは、そんなことを考えながら、見すえていたのだ。と、わきにきて、さんざん喰ったとみえて煙草を喫いだした、三十七、八の、漁師以外に考えられない男が、わけもなく微笑したので、カニの販売は町の人にかぎられるのかときいてみた。

「ほんげなことはねえだいの。誰だって買《こ》うて喰えばいいわさ」

と男は蔑《さげす》むような眼を、あるいは一見してわかる他所人《よそびと》への警戒のこもったひびきをこめていった。

「豊漁だったんですか」

「シケだでね。ここで喰っとかねえと、品物はよそへ飛んでいくスケの」

と男はいった。男の笑いには、馬鹿なことを聞く奴だ、という眼があった。詮索してみれば、海が荒れたため、カニ漁はむずかしくなった。しかしながら、一人の乱暴者が、しけを押して出かけた。いまその男が帰って荷をあげた。当然、品物は、組合の油もつかい、舟もつかって出たことゆえ、組合が新潟や長岡からせっつかれている注文先へ廻されねばならない。しばらくすればトラックが到着する。冷凍庫へ入ってしまったら、町の連中に廻る分はなくなる、いまのうちにと集ったのだ。ここへきた者だけは格安値で喰える、と解してよいか。これは方言のつよい説明からぼくが推察したにすぎぬ。物もしゃべらずに、一人がほぼ均等に三匹ぐらい平らげてしまった二十分あまりの手早いこのカニ喰いの光景は、雪の降りつのる通りの立姿であるだけに、不思議なことのように思われた。ぼくが、男の話にあいづちをうっているうちに、丸太に腰かけていた男も、喰い終った。何やら女にいう声がする。聞きとりにくい。女はちょっとうなずいた様子だったが、やがて、前をはらって立ち上った。

「そんならゆくべか」

男にむかっていう。女は、男の前へ太り肉《じし》の尻をつき出して背をむける。しゃがみながら奥の方へ何やらいう。うしろ向きなので、この声もききとりにくい。たぶん、それは、自分たちの喰った分を、帳簿係にいったのか。誰もが現金で支払う姿はなかった。ただ黙々と喰い、黙々と去るのだった。帳簿係は、たらふく喰って立ち去る男女の名と喰った数量を、もう記録しているのに相違なかった。立ち去る女の中には、手籠に、二、三匹入れてゆくのがいた。その姿をみると、ぼくは、男に尻をむけてしゃがんだものの、男が、足をこわばらせたか、なかなか女の上半身へ身をもたせかねて、まごまごしている夫婦（?）のこの行動が不思議に思えた。女が買いにきて、家へもち帰り、床の上で喰わせれば、雪の降る中での、勝手のわるい賞味よりは、はるかにゆっくり喰えもし、それがまた、看護役のつとめでもあろうに。

ぼくの思案は、こんなところだった。いずれにしても幸福な男《ヤツ》だな、とぼくは思ったものだ。だが、この思案の当否は、この病人夫婦（?）を、ぼくと同じように黙って見ていたところの十数人の男女が、手早やに喰い終って、順々に立ち去ってゆく、その眼つきの中からも、嗅ぎわけることはできなかった。

女は、男を背負った。と、わきにのこっていた年輩の男が、この時、女へ何やら声かけた。女はうなずいて返事をかえした。気をつけてゆけや、あいや、といったふうにうけとれた。女は、ぼくが歩いてきた時に見たのと同じ恰好で走りはじめた。大きく上半身を折りまげ、首に静脈をうかせ、北の方へ走る。男は着ながし縞の袷の裾から、だらりとよごれた素足をだしていた。手は女の肩へ万歳したようにひろげていた。

雪はこの時刻からまたよこしなぎの風にのって吹きあれだした。ぼくは、オーバーの襟をたて、運転手と約束した製材所の方へ、またもどっていった。海ねこの啼き声が高くきこえた。

〔初出：「展望」1976（昭和51）年5月号〕

太市

ぼくは子供のころ女郎蜘蛛《じょろうぐも》を飼った。山裾の樹や電柱の高いところで巣を張っていたのを竹の先に叉木《またぎ》をつけてすくいとって、家の軒下や庭のひくい木に巣を張らせ、蝶やトンボをあたえて飼育した。目的はもちろん愛玩にあると同時に、仲間の飼っているのと闘争させることにあった。蜘蛛のことだから、負ければしまいで、勝った方にぐるぐる巻きにされて餌食になった。丹精して育てたのが敵に喰われてしまうのを見るのは情なくて、かなしかったが、子供のことだから、口惜しければ、また山や野をかけ廻って強そうなのを見つけて飼育し、敵に挑戦するのだった。そういうこともまた楽しみだった。

女郎蜘蛛は、五月すぎ頃から、茶畑の隅や小舎の軒に、小さな巣を張っていた。ぼくらが飼うのは、そんな度胸のないヤツではなく、雨の日でも、風の日でも、高いところで大きく巣を張って、巣のまん中に足をひろげて威嚇しているヤツだった。ぼくらは登下校の途次でもそれを見つけると、必ず「見たッ」と大声をあげた。先にあげた者の所有になる約束だった。声をあげておいて、あとで竿をもって取りにいったのだ。だいたい、ぼくらがこれは強いぞと思うのは、胴体はそう大きくなくて、足の長いのだった。胴体の背には、金色の筋が三つ縞になっていた。腹にやはり金色の斑点があった。足は八本あるが、二本ずつ四方にくっつけて威を張っているその先に、さらに糸のギザギザをつけて長足にみせようと誇っているのなどを見つけると嬉しかった。

竿で獲って帰ると、ぼくらは家の柱と壁のスキマに叉木をぬいてつきさしておいた。蜘蛛は夕方になると新しい巣をはりはじめた。この巣づくりをみるのもまた楽しみであった。

ぼくらは、たいがい、獲りたての蜘蛛が巣をつくりはじめるころに、寺の鐘をきいた。野良から帰ってきた父母が夕食の用意をすませて呼ぶまで、つまり夜のとばりの落ちる頃までしか、巣づくりをじっくり見るわけにゆかない。それで、家へ入って、食事をすませて寝につくが、翌朝、蜘蛛が、ぼくらの望んだ地点に、丸い大きな巣をつくっていてくれることを夢みながらまどろむのであった。

翌朝、顔を洗う前に外へ出て、新しい蜘蛛の新しい巣をさがした。意に反して、高い柿の木のてっぺんへいざっていたり、家の切妻屋根の煙ぬきまで移っているのを見るとかなしかった。そこまでのぼって、餌をやることが出来ないからだった。それで、そんな時は、また、竿の先に叉木をつけて獲りなおし、翌朝の巣替えを待った。

ようやく、ぼくらの背丈のとどく地点に巣を張らせることに成功すると、ぼくらは、餌をとっては巣に投げた。はじめは、蟬やトンボの大きなのをひっかけると、蜘蛛の方が逃げることがあった。羽を千切って与えても、蟬やトンボはよく胴ぶるいして巣をゆさぶるからだった。しかし、勇敢な蜘蛛は、獲物に襲いかかって格闘し、尻から糸を出してぐるぐるまきに団子にして、隅へ帰り、そこに足を張って四方を威嚇しながら、ゆっくり喰った。大蟬はだいたい三日、小蟬は一日で身を喰われて、空《から》になり、残骸になって地面に落ちたが、蟻がたかるのはそれからである。

六月から八月まで、ぼくらはよく訓練しながら飼育して、ようやく、それが、十円硬貨ぐらいの胴体に成長して、背なかの金筋も鮮やかに輝き、腹の縞なども、いかにも強そうにみえるようになると、仲間のところへ行って、そっちで手ぐすねひいているのへ挑戦した。

闘争させる場合は、上級生または仲間の兄や姉が審判官になった。やはり叉木に這わせて、両方の蜘蛛を同じような条件のもとに歩みよらせるのであった。蜘蛛は、敵をみつけると、足を高くあげて、探りあい、相手のスキを見るとかぶりついた。かぶりつかれた方も、うまくかわして、また挑んでくる。この闘争は、足と口との巧妙なわたりあいだった。口のさきに女郎蜘蛛は、先のとがった鉤針《かぎばり》状の妙なものをもっていた。これは髭でもなく、くちびるでもなかった。するどい刃物を連想させる代物で、よくこれに透明な液をしたたらせているのを見たこともあるが、この口もとにかぶりつかれると、蟬でもトンボでも、すぐにまいってしまった。あるいは毒物でも注射する針の役目をしたものか。ぼくは子供だったから、くわしくは知らない。

足で交互にひっかきあい、口で嚙みあいするものの、負けたヤツは、尻から糸をたらして、叉木から地めんに向って降りようとする。これを、勝った方が、その糸を口で巧妙にたぐりよせる。下の方のが逃げるに逃げられず、たぐりよせられると、上からつよく足で威嚇しながらかぶりつく。負けた方はやがておとなしくなって、かまれたところからこれも透明な液をだして死んでしまった。勝った方が、糸でぐるぐるまきにして巣へもち帰る。争闘しているあいだ、お互いに、尻をむけ合って糸を放射するけしきも眺めていておもしろかった。

勝負がつくと、審判官は帰ってゆくが、負けた方は、勝った方のが去ってゆくのを見送って、歯ぎしりしつつ、ふたたび、山や野をかけ廻って、強そうなのを探すのである。

九月に入ると、若狭ははや秋風がふいた。その頃に女郎蜘蛛は黄色い卵をうんだ。卵といっても繭《まゆ》のようなもので、これがある朝、巣の上部の隅にかかっていて、蜘蛛自身は、しごく面《おも》やつれして、痩せていた。この繭は、秋末になって割れて、数千とも数知れぬ子が風に飛んだ。ぼくらは、これらの子が、翌年の五月の茶畑や、ひくい軒に巣を張って生きる蜘蛛になるのだと想像していたが、しかし、冬の雪のさなかをどこでくらすのか、誰からも教えられなかった。不分明なことはもう一つあって、この繭が割れるか割れないかの、つまり、冷たい風のふく頃に、親蜘蛛がある日、忽然《こつぜん》と姿を消すことだった。ぼくらは、誰もいなくなった巣が、破れたままになって、そこに黄色くかわいた繭がひっかかっているのを淋しく見つめたものだ。

〈女郎蜘蛛はどこへ行ったのか〉

もちろん、地めんもみた。附近の木も、家のうらも見た。どこにもいなかった。地めんは、ひと夏じゅうぼくらが巣にかけてやった獲物の残骸に蟻がたかっているだけだった。

そうしているうちに冬がきた。繭もいつのまにか巣からこぼれて、破れた巣だけが、冬じゅう風にふかれていた。


太郎沼の太市が蚊帳の中で女郎蜘蛛を飼いだしたときいて、太郎沼へ出かけていった。あれは、まだ、七月に入ってまもない暑い日だった。太市は背中に大きなコブが出来て、歩くことも大小便することも出来なかった。六つの時に、道から川へ落ちて、背中をつよく打ってから、そんな傴僂《せむし》になった。六歳まで、ぼくらと同じように歩いてあそんでいたのだが、とんだ奇禍から、不自由な身を家の納戸によこたえるようになった。ぼくらは学校へ上ったが、太市は、役場へ願い出た母親の才覚で学校へゆかなくてもよくなった。それでいつも納戸に寝ていた。ぼくらは、もう幼年期のようにめったに太市の家の太郎沼へはあそびにゆかなくなっていた。太市が殆ど白子のような肌をして、ふとんにくるまり、小便くさい納戸を這っているときいて、ぼくらは、かわいそうな気がした。太郎沼には、太市の母親だけしかいなかった。どこの家にも祖父母のどっちかがいるのに、太市は母親と二人きりだった。父は戦争に行って死んでいた。シベリヤ出兵の時だったときいた。

ぼくらは、太市が、母親の野良へ出た留守をひとりで寝ているのに、しかも小便も大便も自分で始末できないような不便な軀で、どうして女郎蜘蛛が飼えるのだろうと不思議に思った。その話をきいたのはぼくらの健康な仲間で、母親がその子にいったそうだ。

「うちの太市は蚊帳の中で飼うとるで、いっぺん戦争にきてくれんかのう」

つまり母親は、軀の不自由な太市が、学校へゆけなくなって、友だちとあそべなくなっても、蜘蛛だけは、獲ってきてやっているらしかった。ぼくらだって時には、母や父に、高い電柱の上だとか、家の切妻にいるのを獲ってもらうことがあった。また、蚊帳の中で飼うのもめずらしいことではなかった。それは、山か畑ですでに大きくなったのが収穫できた場合、翌朝の巣づくりを待たずに、もう挑戦しにゆきたい時に、一夜だけ蚊帳に入れて、ぼくらは寝ずに、蚊帳を這う蜘蛛をみて、じっと、あすの勝利を祈ったものだった。蜘蛛は蚊帳の中では、そう大きくないが、三、四本の線をひいたぐらいのかんたんな巣を張って眠った。太市は自分が歩けないので、そんなふうに飼っているのだろう。ぼくらはそう想像しあい、また、そんなことを話しあって出かけていった。もちろん母親は野良へ出て留守だった。太市の家は、村の東すみの沼の岸で藪のかげにあった。かやぶきだが、ふるぼけていて、しめってもいたので、屋根にぺんぺん草が生えていた。その納戸は、裏へまわると、外から戸があくようになっていた。戸口には、太市のものだろう、肥桶《こえおけ》が一つ裸でおいてあった。太市は神経の死んだ脊椎のために大小便が出ても気づかない。つまりたれ流しなので、ふとんに油紙を敷いていた。その油紙に大小便がたまると、自分で包んで、戸口まで這ってきて外の桶に入れるということだった。ぼくらは、その時、三人いた。一しょに、桶のわきから戸のスキマにむかって、

「太市、太市、われの蜘蛛を見せい」

といった。はじめ、声がなかった。

「太市、太市、あそびにきたぞ。われの女郎蜘蛛はどんな大きさか」

すると、この時、奥から、ひくい声で、

「みんなきてくれたか。戸をあけいや」

と太市の大人っぽい声がした。仲間の一人がスキマへ手を入れて戸を力づよくあけた。きしみ音をたてて戸があくと、暗い納戸がみえた。ぼくらは外があまり明るすぎるので、眼がくらみでもしたか、出てこない太市のけはいに、息をとめていた。と、やがて、納戸の中がうっすらとみえた。

蚊帳が吊ってあった。ひどく古い蚊帳で、赤い三角の布が天井にいくつもあり、そこにつり手があった。ぼくらは、蚊帳の中をすかしてみた。と、床にはたしかに太市が寝ていた。いや、寝ているのではなく、太市はよこ向きにこっちへ顔をむけていて、背なかの大きなコブをかくしているのだった。

「太市よ。来たぞ」

と三人は、それぞれの名前を名のった。太市は、しわがれた声でまた、

「ようきたな。わいの蜘蛛を見いや」

といった。しかし、みよといわれてもなかなか見えなかった。ぼくらは、小便桶のわきから、敷居にへばりついて、じっと眼をすえて、家の中をみた。いや蚊帳の中を見た。と、ぼくは背すじがひえるような衝撃をうけた。

蚊帳の中に、何匹の女郎蜘蛛がいたろう。ぼくは、息づまりそうな、一種の怖《おそろ》しさをおぼえながら見たのだ。蚊帳の四方の隅には、大きな巣を張った立派な女郎蜘蛛がいた。それらは、外でみるのと遜色のない大きなヤツで、いや、家の暗い蚊帳でみるせいか、いっそう居丈高にみえるのだった。四方の隅だけではなかった。よこのつり手の布に糸をひっかけて、とまっているのもいた。そうだ。十二、三匹はいたろう。仲間たちも、声を呑んでいた。と、その一人がいった。

「太市、餌はどうしよるぞ」

太市はおもむろにこたえた。

「おっ母《かあ》がとってきてくれるんや。蝉もトンボも仰山やっとるで、みんな大きいぞ。この秋には卵もうんでくれるやろ」

ぼくらは、太市の寝ているわきの筵《むしろ》の上に、蝉の殻やトンボの殻が落ちて、黒くかわいているのもみた。ぼくは太市の白い顔を見守るばかりだった。太市は半紙のような白い顔に、黒い太い眉の下で、ギラギラした眼を輝かせていた。それは六つの時のある夏から、姿を消したきりみなかった人間の、変りはてたというよりは、異様に成長した顔だった。大人のような、しっかりとひきしまった口もとには、ひげが生えているのか、灰色のうすい線がみえた。光る眼は、女郎蜘蛛の背なかの金すじのような気もした。太市がながい夏を、蜘蛛とすごす日常が思われて、ぼくらは、そこにいつまでも、そうして立っていることに耐えられなかった。

ぼくは、何分間かしてから、太郎沼の家から走って帰った。

太市が死んだのはそれから三年目のことだった。ぼくは、十歳で村を出て、京の禅寺へいって小僧をしていたので、母のハガキで、太郎沼の太市の死をしらされたが、遠い京の町に住んで、寺院での、ふつうとちがう修行生活にあっても、母のそのハガキをよんだ時は、蚊帳の中で、いっぱい蜘蛛を飼っていた太市が、外のぼくらをみていた顔を思いだした。太市の母親は、太市が死んでからは、もう村のどこで出会っても、女郎蜘蛛も、蟬もトンボも、子供たちにくれといわなくなったそうだ。死んでしまったのだからもう、用はなくなって当然だったろう。ぼくは、女郎蜘蛛の親が冬がきてどこへ去るのか解らぬと書いた。ひょっとしたら、蜘蛛の側にいわせれば、人間が生きていて、とつぜんこの世から消えることに、不思議をおぼえているかもしれないのだった。太市の死は、蜘蛛たちにどうみえたろう。あつい八月の二十日の死だったと母のハガキにあった。八月の二十日は地蔵盆がくる少し前だ。若狭はまだ夏で、やがて蚊帳の中では蜘蛛たちが卵をうむ季節である。

〔初出：「別冊文藝春秋」1976（昭和51）年6月号〕

千太郎

一

メリヤスシャツの袖は裂けてボタンもなかった。袴下は薄地木綿のつぎはぎだらけだった。鉋《かんな》くずの中から立ち上ると、あばら骨を見せて咳きながらこっちへ来たが、青白い顔に貝でもつけたような耳たぶがひろがって、頬も首も黄色く皮のうすいのが気になった。近寄った時、仁丹くさい臭がした。ぼくは子供心にこの人のそばにいつまでもいるのが厭だった。

父が何をいったかわすれた。兄の鑛太郎《こうたろう》叔父が折悪しく外へ出ていると告げるその口もとが、妙に狐みたいにとがった。赤い歯ぐきが出たのも印象ぶかい。何ぞの時には寺へ行ってやってくれ、これも、身内の者といえばお前たちしかいないのだから、と父がいっていた。だが、千太郎はにこりともせず、黙ってぼくを見下ろしていた。名前だけはきいていたが、叔父にこんな弟がいたとわかって、なつかしさはあったにしても、病人面した貧相な身内が寺へ来るのは気がひけた。ぼくはそれより、京に早くから出ていた叔父兄弟が、履物商を営んでいるときいて、繁華な通りで店でもひらいているとばかり想像していたのが、畑なかのトタン屋根のひと間しかない長屋なのにびっくりしていた。

玄関といっても、三尺の土間があるきりで、そこに菰《こも》を敷いた仕事場があった。うしろの木箱に平ノミ、四ツ目ギリ、鉋など道具が入れてあり、わきに利休下駄、高歯下駄の甲が枠組みにかさねてあった。奥はがらんとしていて、蒲団が柏に折られて隅へよせられ、卓袱台《ちゃぶだい》が一つあるきりだった。父はそこへ上りこんで、千太郎が仕上げた下駄の面を検査するふうに撫でたり、道具の刃をすかして見たりしていた。千太郎の方は気づまりなふうで、ぼくらの不意の訪問を嫌っているようだった。ぼくは、千太郎が父の相手しながら下駄の甲をトクサで磨くのを見た。細い指だった。爪がのびていた。兄弟は店で売るのでなく、ここで製品にして、どこかへ卸すらしかった。

やがて、鑛太郎叔父が帰ってきた。叔父はぼくの村へちょくちょく来たので顔は知っていた。金冠のみえる前歯を光らせてぼくに微笑してから、千太郎に何かいい、すぐ父を連れだした。ぼくはしばらく上りはなで待っていたが、千太郎とそこにいるのに耐えかねて、外へ出た。

あれはまだ西大路に電車が通っていなくて、野っ原の新開地に、今でいう建売り式の簡易長屋が、ハモニカをころがしたように孤立していた。附近に家はなかった。「京都病院裏」ときいて二条駅からかなり歩いていたから、あるいは千本円町に近いあたりだったかもしれない。

喜花町とかいっていた。

一町ほどはなれた畑の中に、病院の建物がこれも孤立していた。ぼくは畑の道にしゃがんで、父と鑛太郎叔父がひそひそ話をするのをわきで聞いていた。千太郎の容態がわるくなっているから村へあずかってくれぬか、と叔父が頼んでいた。父は、そんなつもりできたのではない、息災で働いていると思ってきた、といってる様子だが、困りながらもうなずいていた。三十分ほど話して別れしな、いちいち石炭酸で手を洗わねばならぬような看護を誰がするのか、と父が問いかえした。鑛太郎叔父は、おかんに頼む、といい、そのうち今の家をたたんで村へ帰るつもりだ、といった。おかんというのはぼくの母の名だった。母に似てこの鑛太郎叔父も、色が白くて耳のひらいた顔だちだった。千太郎にくらべるとそう陰気でもなく、笑いながら物をいうくせのあるのは、何ども会っているから知っていた。

畑はいちめんの大根で、若狭あたりとちがって葉の育ちがよく、土から、白い根の肩が二寸ほど突き出ていた。それが畑いちめん波のように見えた。叔父は長屋へ帰り、父はぼくに、さァゆこか、と畦道でせきたてた。

行く先は烏丸上立売《からすまかみだちうり》にある禅宗寺院で、ぼくはその年の冬があけたら、小僧にくる約束になっていた。十一月の末だったと思う。二条駅の瓦屋根の古風な建物の前から電車に乗った。駅うらの野面は、線路の向うへひらけて、電車からもよく見えた。短かい期間にしろ母の異母弟の住んだ長屋は、錆びたトタン屋根をひくく大根葉の波にしずめていた。

九歳のこんな一日のことを、ぼくがなぜ克明におぼえているか。今日になっても不思議だ。一つはぼくが京へ出家してくる日の打合わせのための重大な旅でもあったのと、ついでに立ち寄ったにしては、父に何か腹案があって、叔父一家を訪れているらしかったことが、のちの千太郎の村に於ける薄幸な生活とかさなって、印象ぶかく思い出されるのだった。

二

母方の祖父はぼくの村の上ん町《かみちょ》に住んでいた。昔は田も一町近くあり、山も自慢の杉山をかなり持っていたが、若い頃から道楽し、晩年には没落して、家屋敷まで売った。死ぬ時は、景気のいい時に建てた畑の中の赤壁土蔵へ移ったが、ぼくの母をつれて仁丹や下駄を売ってくらした話はべつの所で書いたのではぶく。

ぼくがいま話題にする千太郎とその兄の鑛太郎は、祖父が旺盛な頃に、東舞鶴の射的場で見染めた女にうませた子であった。射的場といえば、田舎町や温泉町でよく見かける遊技場にすぎぬが、東舞鶴は当時軍港で海兵団もあり、東新地という遊廓の一角に、外出する水兵目当てのカフエや遊技場がさかえた。祖父は水兵ではなかったが、遊ぶといえばやはり、水兵にまじって遊興することだったのだろう。母の話だと、一時は遊廓の近くに家を借り、射的場のその女と同棲して、村へ帰らなくなった。女は東舞鶴から東へ、汽車で二つ目の駅のある青郷《あおのごう》という村の農家出だったが、十六か七で東舞鶴へ働きにゆき、祖父と出来た年は二十三、四だったという。この女は東新地の家で鑛太郎、千太郎を産んでまもなく結核で死んだ。祖父は、この女が残した子をつれて村へ帰ってきたわけだが、村の家には私の母をふくめて三人の実子があった。長男は京の二条の履物店へ丁稚《でっち》にゆき、長女は村の下《しも》ん町《ぢょ》の農家へ嫁し、私の母は京へ奉公に出ていた。鑛太郎は六つだったので、村の学校へ入り、千太郎は四つだったので、祖母のもとで養育された。だが千太郎だけ幼少から腺病質《せんびょうしつ》で、のちの結核も、母親の死因だった病気とかかわっていたかもしれない。わずかに残った畑中の土蔵で、村歩きといって、ふれごとを言い歩く小使などして、区から年三俵の米を貰ってくらす祖母に家を委《まか》せきりにしていた祖父が飄然もどってきた時、死んだ妾《めかけ》の子を二人つれていたのでは、村の評判もわるかった。といって、よそで暮す力もない祖父であった。持病の神経痛も高じて、寝たり起きたりがつづいた。だが、祖母の手前もあり、少し調子がよくなると、京の長男が送ってくる下駄を売るなりわいをはじめ、玩具、羽織の紐、仁丹などに手をのばし、近村を行商した。そうしているうちに、鑛太郎は尋常科を卒《お》え、京の長男のつてで履物屋へ奉公し、つづいて千太郎もこの兄のあとを追って出た。

　ぼくが生れた頃は、祖父も七十近かったし、学校へ入る頃には、千太郎の姿も村になかった。それで、殆ど記憶にないのだが、鑛太郎叔父だけはよく京から帰って、晩年の祖父の看護をしたり、行商も手つだった。家へきて母とも話しこんでいた。

　ぼくはその年の正月あけて間もない頃に、千太郎が人力車に乗って村へ着いた日のことをよくおぼえている。この日は大雪で、子供は、村なかの神社の石段わきにあった坂道で、手製の竹スキーであそんでいた。昼すぎだったかと思うが、粉雪のふりしきる村道へ、幌《ほろ》をかぶった人力車がきてとまった。「千太やど、千太がもどったぞォ」と、上級生の清《きよし》というのが子供らに教えた。ぼくは他人《ひと》ごとには思えず、といって、人力車の方へ走ってゆく勇気もなく、仲間のうしろで見守っていた。と、人力車のわきに鑛太郎叔父がラクダの首まきで頬かむりして立っていた。ぼくの母に誰がしらせたのか、桑畑の方からケットを抱いて走ってきた。人力車をひいてきたのは駅のある本郷《ほんごう》村の車夫であった。医者をしょっちゅうのせてくるので子供らも知っていた。車夫は、母とちょっと話したあと、鑛太郎とふたりで両側から幌をあげた。と、中から千太郎が現れた。ぼくは息がとまる思いがした。病院裏でみたあの顔は、ひとまわり小さくなっていて、細い白い足に足袋をはいている。よろめきながら踏台に立つと、母が把手《とって》をまたいで踏台にむかい、背をむけてしゃがむのへ、車夫と鑛太郎の力を借りておぶさった。

「千太が病気でもどったぞォ」

誰かがまたいった。ぼくは、母が千太郎を背負って、車夫にケットをかけてもらい、黒いかたまりみたいになって、雪の中を家の方へ歩くのを見た。鑛太郎叔父が風呂敷を下げて母のうしろを歩いてゆく。ぼくは、仲間と一しょにそこにいるのも気がひけたので、桑畑の道を先廻りして家の手前で待っていた。

家の納戸の戸はあいていて、そこへ、千太郎は寝かされた。枕もとに洗面器が一つと、ビール瓶ぐらいの白い瓶が一本置かれた。石炭酸だった。

「ちいとのま、おっつぁんを頼むがのう」

と鑛太郎叔父は、ぼくら三人の子らに遠慮げにいい、五十銭銀貨を一枚ずつくれた。おっつぁんというのは、叔父あるいは次男のことをそうよんだのである。

三

ぼくの家は、村の家と離れた高台にあって、乞食谷《こじきだん》と村の人はよんでいた。その谷の下に、萬吉と林左衛門という、二軒の土蔵をもった富裕な家があった。ぼくの家は林左衛門の屋敷を借りていた。むかし林左衛門が木小舎にしていたのを大工の父が改築して越したときいた。もとは木小舎ゆえ、間ぐち三間《げん》、奥ゆき四間ぐらいの藁ぶき屋根。陽あたりもわるかった。畳を敷いた部屋は六畳しかなかったが、納戸は常は味噌や米の壺を入れる倉庫だった。そこを母が急しのぎに取片付けて千太郎を寝かせたのには、理由があった。上ん町の祖母が祖父の死後一人暮しで土蔵にいるところへ、伝染病の妾の子をひきとることに、上ん町の者から反対が出たのだった。もっとも、祖母の人の好さは村の噂になっていて、祖父が東舞鶴から二人の子をつれて帰った時にも、妾の里へあずければいいものをと、半分は同情で、半分は祖母の実家が損得を考えて、けしかけたようだ。祖母はしかし、だまって子らをあずかり、尋常科を出し、京へ奉公に出した。間もなく死んだ祖父の葬式も、しきたり以上のことをした上で、孤独にくらしていた。部落に洗い川が流れていた。どの家も、岸に穴をあけ、段をつくって、そこを川戸とよび、米をといだり、茶碗を洗ったりしていた。祖母の土蔵住いが上流にあったので、つまり、川上で、結核患者の食器が洗われると伝染すると、人はいった。どの家もこの意見に同調したということだった。祖母は、上ん町内の家々を戸別に歴訪して、畑の中に隔離小舎を建て、そこで千太郎を看護したい、大小便の始末も、食器その他の洗い物も、よく消毒した上で、すべて別火でする旨を告げて許可をもらった。ところが、その畑なかに建てるべき小舎は、祖母には娘であるぼくの母の夫（ぼくには父だが）が大工だから、その手を借りてすます心算だった。当然のことだろう。始末屋の祖母は、千太郎がもどることを予測して、材木、トタン、杉皮などを山持ちから買って用意していた。だがぼくの父が忙しくて、とても手がまわらないのだった。手がまわらぬうちに、冬がきて千太郎は戻った。

母と父が、炉端でよく口喧嘩をしているのを聞いた。納戸には千太郎が寝ていたので、大声ではなかったが、母のいい分は、いつまでも千太郎をあずかっていると、川下《かわしも》の林左衛門と萬吉から苦情がくるということだった。上ん町だけでなく、ぼくの家のある下ん町にも洗い川があって、ぼくの家はいちばん川上にあったから、千太郎のつかった食器や下着を洗った水が、下《しも》の洗い場へ流れてゆく。それで肩身のせまい思いでいたところへ、萬吉だったか、林左衛門だったか、どちらかから、遠まわしに、結核患者の義弟をいつまであずかるつもりか、と念を押されたというのだった。

ぼくの村には、結核をひどく毛嫌いする人が多かった。もっとも、この当時、福井県は日本一の結核県だった。小学一年生の時、雨天体操場の壁に、「結核予防週間」というポスターが貼ってあった。女教師がオルガンをひいて、

「ああ結核よ、結核よ、

敵なるその身を防げかし」

というような唄を教えた。「敵なるその身を防げかし」というのはおかしいが、この文句は、うろおぼえだからあるいはまちがっているやもしれぬ。が、このような激しい口調であったと記憶する。新入生のぼくらに日の丸の小旗が配られ、全校生徒が旗を振って、唄をうたって近村をふれ歩いた。文部省の指示だったか、県庁の指示だったか、はっきりしないが、結核はつまり、日本海辺の寒村を襲う業病として恐れられていた。福井県が日本で最多の結核患者をもった記録は、大正十四年から昭和三年頃の「厚生白書」があれば判明するはずだ。ぼくは、雨天体操場のポスターのよこに、「全国結核患者数」とした図表があり、福井県が一番その統計線を高めていたのを記憶している。

部落の家々が、一本の川を利用してくらす事情は、あるいはこの結核の伝染をまねくのであったか。千太郎の帰郷は、つまり、昭和二年の冬であるから、結核予防熱はさかんだった。上ん町が祖母の家に千太郎を迎えるのに反対し、下ん町がそれにならって、ぼくの家で寝ている千太郎を追い出そうとしたのも判るのである。国の指示だといえばそれですむはなしかもしれぬ。

だが、千太郎自身は、ぼくの家の納戸で静かにおとなしく寝ていた。ぼくの記憶では、殆ど起きていた姿はなかった。母が朝晩の食事、大小便の始末（尿瓶使用）をつとめたが、戸があいた時、母のうしろから覗くと、千太郎は、青い眼のとろんとした病人顔をしかめ、小声で何やら母に遠慮げに話していた。母は小まめに仕事をすますと、戸を固くしめて、ぼくらには納戸へ入ることを禁じた。十日ほどすると家の中は石炭酸くさくなった。千太郎の食事のあとでも、大小便の始末のあとでも、母は必ず洗面器に手を入れて消毒した。石炭酸は、瓶からほんの少し洗面器に滴を落した上へ、水を何倍かうすめて使った。

四

母が父を手つだって、祖母の念願の隔離小舎建築にかかった頃に、鑛太郎叔父が京の家をひき払って帰ってきた。叔父は祖母の土蔵に住んだ。

小舎は、土台石の上に柱をたて、周囲を四分板で囲っただけの粗末なものだった。屋根はなまこトタンでふかれた。そのトタンと横木のあいだと、板と板のあいだに、隙間が数多く出来た。節の多い松板だったので、小舎はぐるりを黒まだらの板で囲んだようにみえ、戸口といっても、三尺あるかないかの穴のようなところに菰がつるされた。出入りはそれをめくる。戸口わきに肥桶が一つ置かれた。完成した日に、千太郎が、やはりこの日も母に背負われてぼくの家を出た。

ぼくらは、千太郎が新しい小舎へ越してから、よく祖母の土蔵へゆき、畑へまわっては遠目に家の中をうかがった。千太郎の咳く声がした。越して数日後、鑛太郎叔父が本郷から、陶製の茶色い子供のこぶし位の鈴を買ってきた。それを小舎の戸口からわたした縄にくくりつけた。夜になって、千太郎に何か用事ができると、千太郎の方から縄をひっぱれば、鈴が鳴る仕かけだった。よび出される土蔵の方に鈴をつるさず、よぶ側の小舎にどうしてつるしたのか、子供心に不思議に思ったが、よく、祖母と土蔵にいるとき、昼でも鈴が鳴った。鑛太郎叔父のいない時は、祖母が走って行った。

ぼくはある一日、祖母の土蔵へ走りこんでいた。祖母の家は、菓子や煎《い》り豆があった。これは、村歩きの駄賃に祖母が家々から貰ったものである。祖母には、ぼくの家だけでなく、もう一人娘が嫁した家が部落にある。それで孫の数も多いのだった。それらの孫たちにやってくれといい、菓子や煎り豆を手渡されたのを、祖母は大事に貯えていた。そしてそれを、ぼくらが勝手にとりだして喰ってもいいようにおいてくれていた。ぼくが走りこんでゆくのは、ほかの孫たちに先んじてその駄賃物を貰いたい魂胆だった。

ぼくはこの日、戸をあけたとたん、内に誰もいないのに気づいた。そういえば軒下の仕事場にも鑛太郎叔父の姿はなかった。祖母も歩きに出たらしい。もっともこんな日はよくあった。ぼくは菓子壺のフタに手をかけた。と、この時、鈴が鳴った。千太郎がよんでいた。ぼくはフタから手をひいて耳をすました。と、また鈴が鳴った。ぼくは裏口の障子をあけて畑の方を見た。菰の戸口が心もちうごいている。ぼくは草履をひっかけて、畑をあがった。と、ぼくの足音がわかったとみえ、菰の裾が少し上にあがって、内側から白い烏賊《いか》の骨みたいな掌がのぞいた。何用か、とぼくはきいた。菰が高くまくりあげられた。千太郎が腹這いでいざり出てきた。青い眼のひっこんだ、透けた肌だった。貝みたいにひらいた大きな耳もみえた。狐のような口もともみえた。千太郎は口をもぐもぐさせ、何かいっているようだったが、はっきりきこえてこない。ぼくは戸口へ近づいた。

「お婆《ば》んは」

と千太郎がきいた。留守やとこたえた。

「兄やんは」

鑛太郎叔父《おっ》つぁんは留守や、とぼくはこたえた。千太郎が、一瞬、淋しげな表情になった。その表情はやはり京の家で見たものだった。だが、すぐ口角に笑みをうかべて、

「お前、まんだ京へゆかんのか」

と千太郎はきいた。ぼくは、春がきたらゆく、とたぶん答えたはずだ。千太郎は、さらに口角へ微笑をうかべ、ぼくをじっと見はじめた。外けしきを見る喜びも顔に出ていた。千太郎は京のひろい畑の中の家を思いだしているのかもしれなかった。あの病院裏の長屋で、ボタンのないシャツを着てすわっていた仕事場の風景をぼくは思いだした。

「お父《とっ》つぁんは」

と千太郎はきいた。

「仕事や」

とぼくはこたえた。千太郎は黙って何もいわなくなった。だが、急に立ち上ると上りはなへきて、細い裸足をたらして下駄をさがした。外を歩くつもりらしかった。たぶん、千太郎は、祖母か鑛太郎叔父がおれば何か言いつけるつもりだったのが子供のぼくがきたので断念し、代りに外へ出ようとしたのだった。ぼくは、一瞬、そこにそうして立っていると、病気がうつる気がした。それで下駄をさがしている千太郎には目もくれず、土蔵へ走りもどった。それから、菓子壺に手をつっこみ、せんべいを摑んで、洗い川の橋を走りつづけた。

ぼくが千太郎の顔をみたのはこれが最後だった。

千太郎は、その五月にぼくが京都の寺へ出てから死んだ。苗代《なわしろ》で、祖母も母も多忙な一日に死亡したときいた。京都の寺へきた母からのハガキでわかった。

五

ぼくはその翌年の夏、得度式をあげてもらって正式な僧職に入った。初盆には棚経《たなぎょう》に廻った。棚経というのは、京の寺院だけでなく、禅宗寺院のどこもが盆に行なう年中行事の一つだった。八月の十五、六日の両日に、檀家を廻って、仏壇で回向する。ふつうの命日とちがって、檀家では仏壇から古い位牌のすべてをとり出して、べつの棚にならべている。位牌の前には蓮の葉を敷き、夏にとれた新芋やトマトやナスビを供え、僧の読経にくるのを待つ慣習だった。ぼくは、まだ年少だったし、経もろくにおぼえていなかったので、富裕な、いわゆる大檀家へは廻らなかったが、貧乏な檀家だとか、小商人の家だとかへ、和尚《おしょう》の手助けとして、約二十軒くらい廻った。その中の一軒で、千本丸太町《せんぼんまるたまち》を一町ほど下った露地に、谷口という檀家があった。六十近い小柄な婆さまが駄菓子を商っていた。ぼくは、この家の座敷、といっても、一と間しかないせまい部屋へあがって、仮仏壇に出された位牌にそれぞれの回向をすませて退去しようとした際、露地のとっつきが野っ原になっているのに眼をとられた。ぼくは、足かけ二年前にまだ千太郎がいた大根畑の中の長屋のことを思った。広い畑だった。向うの方に、病院のような、学校のような建物がみえる。そのさらに向うは山であるが、畑は青い海のようにひろがっている。

「これからどこへ廻らはりますか」

と谷口の婆さまが、ねじりりん棒を紙にくるんで、布施の紙包みと一しょにわたしながら訊ねるのへ、

「近くの親類の人のいた家をたずねます」

とぼくはこたえた。それからぼくは露地を出た。婆さまは、ぼくのような小僧に、親類の家があって、しかも、その家が近くにあるというのを不思議に思ったらしかった。そのためか、何やかや住んでいる人のことをきいた。ぼくは、下駄をつくっていた母の弟がいた家だといい、

今は住んでいない上に、もうその一人は死んでしまっている、とこたえたと思う。婆さまはきょとんとしてぼくの眼をみていた。感心したような淋しげなその眼つきがいつまでもうしろへ残った。

ぼくは丸太町の通りを円町《えんまち》の方へ歩いていった。山陰線の鉄橋をくぐった。すぐ京都病院と京都二商の校舎の建物が見えた。しばらく畑の道をゆくと、見おぼえのある畑があった。大根畑はいまはいちめん馬鈴薯の海だった。真夏の陽の下で、その葉がそよぐ風もないままにところどころに陽炎《かげろう》をもえあがらせて静止していた。ぼくは畑の道を、長屋のある方角へ急いだ。するど、たしかに、その長屋が見えた。西大路の通りは、その頃もまだほんの狭い道で、舗装はなかった。石ころ道だった。一だん高くなった畑に、ところどころに肥壺にふいた屋根がみえた。ぼくの目ざすトタン屋根の長屋は、それらの肥壺の屋根にまぎれそうだった。三十分ぐらいかかった。父と歩いた道にきた。ぼくは、長屋のとば口にさしかかると、二年前に千太郎のいた家が、とば口から三軒目であったのを思いおこして、そっちへ近づいていった。家の戸口に女の干し物があって、古ぼけた乳母車が一台出ていた。ぼくはその家の門札を見た。千太郎や鑛太郎叔父の姓の表札が、そこにあろうはずもない。彼らが越したあと新しく越してきた人が住んでいるのだった。ぼくは人影のないのを見て、あいている戸口から内側をのぞいた。と、奥で、アッパッパを着た女が腰巻一枚きりの半裸姿でよこずわりしていた。そのわきに赤ん坊もやはり半裸で寝ていた。女は気づくと、胸もとへ手をあてて立ち上り、あせもの出た首すじ

をふきながら、戸口へきた。ぼくの僧衣をみてぎょっとした様子で、
「坊さん、うちには仏さんはないでェ」
と、やさしくもあるが、邪険にもきこえる言い方でいった。若い夫婦の新居らしかった。ぼくは当然のことだと思った。用件もない家を、しかも、女がだらしなくすわっていたところをのぞいたのだった。激しいうしろめたさをおぼえて走り去ったが、この時、ぼくはわるいことをしたと思ったと同時に、やはり、ここへ来てよかった気もした。ぼくはそれから葉のわかい馬鈴薯のなかを、衣の裾をひるがえしながら走っていた。

死んだ人のことを思い出す日が多くなった。そのなかで、千太郎叔父の面影はいたって淡く、ぼくのもう古い暦の根雪に埋まってしまっている。だが、毎年、夏が近づいて、棚経の盆がくると、五十年も前に、京都がまだ野っ原に囲まれていた頃の千本円町附近の、馬鈴薯畑の若い葉の波が思いだされてならぬ。

千太郎が死んで一年目の初盆のことだった。まだ子供だったぼくの足が、なぜにあの日、古ぼけた長屋へ向ったのか。あの足をはこばせたぼくの心について、不思議をおぼえながら、それを大切にしている。

〔初出：「文芸展望」1976（昭和51）年夏号〕

棗《なつめ》

一

机の上に棗が一個、ビニールの小袋に入れておいてある。北京《ペキン》で買ったものだが、ホテルであらかた喰ったあと、大袋の底にのこっていたのを、帰りの飛行機でたべようと七つ八つ持って乗った。ところが気がかわって、家の者への土産にしようと思い、ポケットにしまって帰った。たしか七つ八つあったと思う。一家四人に一つずつ配り、あと三つぐらいあったのを、書斎に持ってあがった。インク瓶のよこにおいたまま一年経った。三つあったのをいつ喰ったか判明せぬが、いまは最後の一個だけのこっている。

棗は黒褐色で、平べったくなって、タテ皺がよっている。一見して、つるし柿の小さいようなものだ。透明ビニールの小袋に入れられ、口はこれもビニールの赤い紐でゆわえてある。北京の友宜飯店の一階にあった食品コーナーだった。これを見つけた時、ぼくは嬉しかった。コーナーの細長いガラスのショーケースの中には、各地方特産の飴やら、あんずやら、りんごなどの干したのが大皿にもられていた。包装されていないのもあった。ショーケースの上に、秤《はかり》が置いてあった。

「これ下さい。たくさん下さい」

ぼくは、向う側に立っていた女店員に、棗を指さした。十八、九と思われる女店員は、ぼくの生れた村の太郎助の菊子に似ていた。丸ぽちゃの鼻のひくい厚くちびるの顔だった。眼が似ていたのだ。洗濯のきいた、人民服の胸部を心なし張らせて、明るい採光のゆきとどいたスーパーマーケットにふさわしい、清潔な感じであった。もちろん中国語で応対した。ぼくの中国語はわからなかったようだが、指さした棗でわかったらしく、何やらみじかくこたえ、べつの干果物の大皿にさしこんであった、シャベルのような、柄のついた大さじをぬきとって、器用に棗を十五、六個ぐらい掬《すく》った。だが、多すぎたとみえて、二つ三つもどした。表示されてある単位の目測らしかった。秤のうけ皿へのせると、これでいいか、という顔をした。

「その三倍ぐらい下さい」

ぼくは指を三本立ててみせた。女店員は微笑したようだった。二ど大さじで掬って、うけ皿に山盛りした。

「延安《えんあん》の棗と同じようなものでしょうか」

ぼくは、携帯していた『現代日中会話辞典』を早繰りして訊いた。と女店員は顔を赤くして困った口もとになった。ぼくの中国語はなっていない。手ぶりも入れたのだが通じない。そこへ、通訳でもあり、対外工作員でもある張進山さんがきて、

「たぶん、延安の棗ではないでしょう」

といった。当然のことに思えた。ここは北京である。女店員は安堵したように、もとの顔に戻って、うけ皿の棗を大袋に入れた。それから、ぼくの出した紙幣をうけとると、領収書へ鉄ペンをはしらせ、ペリッと破りとって、釣り銭と一しょにくれた。

ただそれだけのことだ。一年経った今日、机の上で包装ビニールもほこりを浴びた一個きりの果実をみていて、延安の棗と同じようなものか、ときいたぼくの質問に当惑した少女の顔がうかぶのである。丸ぽちゃの太郎助の菊子に似たこの少女は、眉が太くて濃かった。わらった時の歯なみも白くて、人民服の襟のあわせ目から、黄の刺繡をほどこしたブラウスの、同じような丸襟がのぞいていた。一年前のことだから怪しいものだが、なぜかそんな気がする。外人相手の店で、ぼくらのような旅行者に馴れている手さばきだった。若狭の村娘に似た娘《こ》は、ちょうどこのショーケースの前に一人いたのだ。外国人はぼく一人だった。たいがいの旅行者は、二階へ上って、毛皮だとか、硯《すずり》だとか、宝石とかにむらがるらしかった。ぼくは、この日これといった土産は買わなかった。

一個だけのこして、それが一年経っても、まだ口に出来ぬぐらいに惜別の思いのする棗について、説明したいことがある。

二

ぼくはその日、延安の棗園《そうえん》にいた。ここは有名な毛沢東主席の旧居のあるところで、その旧居の前の、草一本生えていない、つるつるした黄褐色の地めんに立っていた。午《ひる》ちかい時刻で、陽が真上で照っていた。大木の少ない山は赤茶けた黄土で、中腹の台地は満遍なく照り映え、影一つない地めんは、六月の陽気にしてはよく乾いていた。ぼくのよこには、一しょに日本を立った作家団の一行と、通訳の工作員がいた。ぼくらは、いまし方、旧居の中にいた。陽焼けした小麦色の顔の少女が、といっても、齢は二十ぐらいかもしれぬ。それがたとえば二十二、三としても、少女としかいいようのないような生《う》ぶな、赤い顔の娘さんだった。時間をかければこの娘も村の誰かに似ているはずだった。が、すぐにうかばなかった。われわれを毛主席の旧居内へ案内した少女は、たぶん何回となく外来者に説明してきているので、そんな口調になったにちがいない、流暢で話のつまった説明のしかたをした。主席がこの地にきて、いかに苦惨な日々を、闘志に燃えてすごされたか、また、地元人民の誰もが赤軍思想とその行動に理解を示して、いかに骨身を惜しまず開拓事業に参加したか、を述べた。その旧居を出てきたところだった。

旧居は大ざっぱにいえば、山に穴をあけて、南面に窓をくりぬいた土壁をもりあげてある。わずかの屋根（これも土だった）のある奇妙な建物である。いや建物といっても建物でない、穴ぐらに戸がたててあるにすぎぬ。屋根の上は草や雑木が茂り、手前に三つ股になった大きなライラックが一本、蔭をつくっていた。そこだけが暗くて、陽は、この不思議な建物の南面の土壁と、地めんとを、いま、同一色のかわいた色でうきあがらせていた。

「あれは……」

とぼくは、屋根の上のひくい雑木の中に、等間隔に植えられたとみえる、濃い緑葉の混んだ灌木《かんぼく》の名をきいた。

「なつめです」

とわきにいた工作員がいった。在所にあった木に似ていた。殆ど同じ太さだった。子供でも手のとどく高さで、三、四本の枝を浅くひろげて、あるかなきかの風の中でゆれていた。

「延安はなつめの多いところです」

とその工作員はいった。ぼくは急に、毛主席の旧居が、この時、身近になった気がした。ここへきて、樹齢何百年かの巨体のなつめに出合うというのならまだしも、まだ、それが植林されて、十年ぐらいとしか思えぬ位の、ひょろッとした若木だった。そんなのが、旧居の屋根の上の、畑とも雑木林ともつかぬ荒れた斜面にいっぱい生えているのだ。

「毛主席をはじめ、勇敢なる赤軍の同志たちは、この地に着かれた時は食糧もなかったので、靴の皮を煮てたべられました。それから、自給自足の困難な生活をつづけられ、木の皮や、布のくずを煮て、紙を漉《す》かれたそうです。たぶんなつめの果《み》も、貴重な食糧だったと思います」

有名な長征の途次の話だ。細い木だな、とぼくは思いながら、工作員の説明をきき、八角堂の軒下へ行って、そこからもゆっくり、なつめの木を見た。忠兵衛の棗に似ているな、と思った。

三

忠兵衛の家は若狭の部落の東端の山のきわにあった。そこを八幡谷《はちまんだに》といった。椎の木が中ほどで折れて、下枝をいやに黒く混ませていたから、その下にあるくず屋（藁でふいた粗末な家の呼称）は、同じ部落でも、西端のさんまい谷（埋葬地）に近い一軒家、これも、よその山の大欅《おおけやき》とよその藪の孟宗竹《もうそうちく》が茂っていたので、一日じゅう日のささなかったくず屋のぼくの家に似ていた。家の位置と粗末さが語るように貧乏かげんも同等だった。ぼくは十歳で部落を出て他郷にくらしたから、子供の分際で、なぜ貧乏かげんがわかったかといえば、寺の寄附額がいつもどん尻で、忠兵衛とうちの屋号の六左衛門がならんでいたからだった。寄附金額を、なぜ菩提寺《ぼだいじ》が、あんなにれいれいしく書いて本堂の長押《なげし》に一軒ずつたらしたのか、今でも不思議だが、本堂でのそれは、まあ行事がすめばはずされるものの、外にあった鐘楼や地蔵堂の建物には、部落じゅうの屋号と金額が板書されてあった。鐘楼のはぼくらが生れない前のもので、大正何年とか書かれていた。最右翼は一金拾円ぐらいで、区長の林庄之助、それにつづいて富裕な田持ち、山持ちの家々が拾円、九円、八円、七円、六円、五円と「也」という字の上に、六十三軒の富のランクを示してならんでいた。どんじりの、つまり六十四軒目と六十五軒目に、赤田忠兵衛五銭也、水上六左衛門五銭也とあった。これは、五銭しか寄附できない両家の財政をあらわしていた。ぼくは子供心にはずかしい思いがした。寺の庭は子供らのあそび場だった。いつも肩身のせまい思いでそれを見た。この同じ思いをやはり、忠兵衛の末吉もしていたろう。末吉は、七つ上りのぼくと年は一つ違ったが同級だった。

寄附金でランクが同一だからといっても、家が遠いからそうつきあいはなかった。田も山もない小作人。父が出稼ぎにゆき、母がよそ田で働く事情が似ていたのと、やっぱりくず屋だったのが、話さなくても親近感をもたせた。それで、ぼくらは時どき行き来して、互いの家であそんだことがある。村の大人も子供も、末吉のことを「忠兵衛末《すえ》」とよんでいた。ぼくは「六左のつと」とよばれていたが、末吉には、「の」がなかった。皆がそうよぶのだから、ぼくも「忠兵衛末」とよんだ。よびながら、ぼくは、「の」のないこのよび方には、どこかで末吉を馬鹿にしているひびきがあったといまも思うし、子供心にもそれはわかっていた。その末吉がいった。

「六左のつとよ。おまえンとこに、なつめはなかろが」

ぼくは、背の高い末吉が椎茸みたいにひろがった耳をたてるのを見て黙った。まったく貧乏で、着ているものもボロだった。運動会でも遠足でも、コンゴ草履（藁でつくったもの）で走ったのは二人だけだった。その末吉に負けた思いがした。なるほど、なつめはうちにはない。忠兵衛にだけあった。椎の巨木の真下の忠兵衛のくず屋は、いま眺めている延安の毛主席の旧居のように、穴の中の家ではないけれども、山にへばりついていた。五月、六月は滝のようになだれる他人の山の青葉の下で、青黒くいつもしめり、樹の穴に潜んでいた。くず屋根はぺんぺん草が生え、雨だれ下には青苔がぬめっていた。なつめはその入口の南面の角にあった。ぼくらの足の太さぐらいはあったかもしれぬ。木は北へ枝をやせさせ、南へ向って威勢よくひろがっていた。二年に一どか三年に一どだった、この木に果のなる九月は、部落のどの子らよりも、末吉の顔が生々してきた。部落じゅうのどこの棗より、登りやすくて（どこも大人が竿でとらないと収穫できない）、手頃な太さだったこともある。ぼくは、その果のなる季節には、いつも、木の下から末吉がよじ登るのを仰いでいた。末吉はボロの着物に縄のような兵児帯《へこおび》をしめていた。木に登るには両股をひらいて、足さきに力を入れる。木をはさまぬと登れないゆえ、登るほどに股間は大きくひらいてチンポが出た。末吉のは、小芋のように黒くて先がむけていた。むけた部分は、兎の耳みたいに桃いろだ。ぼくは、末吉が、そのチンポをみせてのぼりつめ、枝に股をかけて果をゆさぶり落す時、また両足を大きくひろげるので、尻の穴もみえるのを、だまって仰いでいた。末吉の尻の穴は、小菊の蕾みたいにしわをみせてしまっていた。ぼくは、自分の尻は見たことはないが、末吉のとぼくのチンポをくらべてひどくおかしかった。足でゆさぶられると、なつめはぱらぱら落ちた。

「はよ拾え。喰うたら承知せんぞ」

と末吉は上でどなった。十か十五ぐらい落ちたころに、末吉は降りてきた。ぼくは、下の草の根にかくれたのまで、しゃがんで拾った。それを地めんにならべてかぞえた。なつめの果は白黄色だった。大きいのはぼくらの拇指の爪の三倍ぐらいで、長楕円形だった。すべすべした肌だが、よくみると、赤茶色の粒点がある。陽のあたるところが黒くて、あたらないところは白黄色なのだった。ぼくは、地めんにならべたのを卑屈な気持で眺めていた。と、末吉が、それらの果のなかで、熟れたのをす早くえらんで摑みとり、

「あとやるから拾え」

といった。ぼくの分は三つ四つ残っていたろうか。末吉は大摑みで先に取ったから。ぼくは、それでもむさぼるように喰った。果の肉は、かじると水気のないかさかさした感じで、すぐタネがきた。タネは果の白さにくらべて黒く大きかった。タネの大きさぐらい果があればと思った。いまから考えても、末吉が自慢するほど美味でなかった。早めに穫ってしまうので、酸味が勝ち、甘くなかった。ただ、かさかさした舌ざわりが、変に、あとの智恵だと洋風な感じだったのをおぼえている。

四

延安の毛主席の旧居の屋根の上の、手ごろななつめの木を眺めて、右のような忠兵衛の末吉と一しょだった十歳までの歳月のうち、二年に一どか三年に一どしか稔らなかったなつめについて追想したのだが、考えてみると、ぼくたちが行きあって交際するようになったのは、小学校へ入る前後だったろう。すると、ぼくは、忠兵衛のなつめの稔りは一どか、二どしかみてい

ないはずだった。ぼくの方が早く家を出て、京都の禅寺で小僧になったが、末吉も、尋常科を卒えるとすぐ京都へきた。伏見の稲荷社の下にある八百屋の丁稚になったときいた。当時は、末吉の兄が、ぼくの入った禅寺と同派の本山である妙心寺の塔頭《たっちゅう》で、寺男をしていた。その兄の紹介で、末吉は、やがて伏見から今出川千本《せんぼん》の玉寿軒という、菓子老舗の店員に変った。玉寿軒はよく、ぼくのいる寺へも配達に店員をよこした。ぼくは、たぶん末吉が一どか二ど、ぼくのいる本山の大法要のときに、宗務本所で、店の名をくりぬいたはっぴをきて、膳出ししているのを見た。もっとも、その時は、ぼくの方は出家だったし、末吉もぼくに気づいたが、立場がちがったので、話しかけてこなかった。あれほど仲よかったのに、外へ出た者同士が京の本山でめぐりあっているにしては、互いに、気まずいような、変な眼をかわしあい、すぐ眼を伏せたのはなぜだろう。どっちも、その時、各自の境遇にひけ目のようなものを感じていたか。それとも、もう大きくなっていたので、多少の照れがあったか。

ぼくが末吉の姿をみたのは、このはっぴをきた姿が最後だった。末吉は、ぼくが寺を脱走して還俗《げんぞく》したのち、現役志願で陸軍へ入り、やがてフィリッピンにゆき、昭和十九年に餓死した。公報によると、ブラウエン飛行場の激戦で戦死となっているそうだ。だが、生き残りの人がきて老母につたえた話だと、山中へ逃げて餓死したという。

「ぼくの故郷にもなつめがありましたよ」

とぼくは、工作員の案内で、湯茶の用意されている迎賓館の一室に一服した時にいった。

「やっぱりこのあたりの果も日本のと同じような大きさでしょうか」

ぼくは、旧居跡の山に生えていた棗が、まだ、青葉ばかりで、果の姿がなかったのを思いだしながらきいた。

「さあ、私たちは知りません。中国は、いろんな地方で、いろんな種類の果物を誇っています。おそらく、なつめも、延安のは、延安独自の形で、味覚もちがうと思います。あいにく、私は、このたび延安へはじめてきましたので、延安のなつめの味は知りません」

とその工作員はいった。ぼくは、旧居のなかを丁寧に説明してくれた少女が、この時も、あいかわらず、赤い頰をひきしめて、ぼくらの方を微笑しながら見つめている視線に出あった。

ぼくは、工作員を通じてその少女に質問してみた。

「あなたは延安に生れた方ですか」

「はい」

と少女は工作員の翻訳にこたえてうなずいた。

「あなたは小っちゃい時になつめをたべましたか」

「はい、たべました」

「そのなつめは、どんな味でしたか。酸っぱくはなかったですか」

「たいへん、甘くておいしいものでした」

もちろんこの通りの応答ではない。通訳をとおしてのことだし、それをメモしているぼくのノートにも、多少の省略がある。だが、応答のニュアンスは、気持のいいものだった。少女は、若狭の少年時代の、分教場で一しょだった、誰かの顔に似ていたが、ぼくはまだ思い出せないでいた。彼女はぼくをみてわらっていた。

「それでは、もう一つおたずねします。あなたは棗の木へよじのぼったことがありますか」

「女だてらに、そんなことといたしません」

ちょっと怒ったふうにもうけとれた。女だてらというのは、彼女がいった通りではなかった。ぼくが勝手にこの少女の、顔をひきしめ、赫《あか》くなった頬からそう想像したまでだ。この時、少女が、ちょっとぼくの方を真顔でにらんだのがぼくを刺した。堂内の一行と、工作員から、かすかなわらいが生じた。

五

あとでぼくは、北京の友宜飯店の食料品コーナーで、ぼくに棗を売ってくれた少女の、眉の濃い顔を太郎助の菊子に似ていたと思った。延安で、棗の木によじのぼったことがないといった少女の方は、村の誰に似ていたか、北京、上海《シャンハイ》、無錫《むしゃく》と旅行して歩いた先のホテルで、大袋に入った棗を枕もとにおき、一つ二つかじりながら、思い出してみようとしたが、思いつかぬままに眠る習慣になった。おかしなくせだった。ヨーロッパへ旅行していても、異国の服も眼いろもちがう人を見て、トルストイやシューベルトに似ているぞ、と思うことがあったが、話しぶりや、歩く背姿をみて、これは村の誰だったか、と、十歳までしかいなかった若狭の人とかさねてみるのであった。そのくせが、中国へきてもやはり出たわけだが、それでは、ヨーロッパや中国でだけそうだったというわけでもなかった。日本の東京や京都にいてさえ、初対面の人にもつ、印象の測定は、この方法によっているのだった。太郎助の爺（菊子の祖父）は、天然痘で顔に穴がいっぱいあいていたので、無口で、すれ違っても物をいわなかった。喜左衛門の兄は、笑う時は必ず空をむいて、ケッケといった。与兵衛の彦次は、人前に出ると必ず腕を組んで、白眼をむいた。嘉左衛門のきよは、急ぐ用がなくても走っていた。同級の菊子は、天然痘の祖父に似て無口だったが、成績がよくて副級長をつとめた。女だてらに手洟《てばな》をかむくせもあった。列記してゆけば、十歳までの六十五軒の部落の家々の、爺さま、婆さま、父《とっ》つぁま、嬶《かか》さまの、くせのようなものは、だいたい、時間さえあれば克明に話すことができた。それは、ぼくに限られたことではなくて、ぼくのように、人の出入りの少ない寒村で育てば、誰もが、他郷へ出て、似たような物さしで、人をはかるものかもしれぬ。そう思えば、あの北京のマーケットで、微笑しながらぼくに棗をくれた少女も、あるいは、赤っ鼻の、太郎助の爺に似た妹がいはしまいか。そう思えば、いっそう距離がちぢまったのだ。

棗は、ぼくの机の上で、とにかく今も一個だけのこっている。ぼくは、この棗が、一年近く経ったにかかわらず、手でふれてみても、かすかにへこむ柔かさを保っているのを知っている。家内はあまり書斎をいじらない。長く空けていると、たまに机の上が片付けられていることがある。その家内も、机に一つだけあそんでいる棗の一個について何もいわぬ。ある時は、インク瓶のよこだったり、ある時はペン皿の中だったり、ある時は見台の下の封筒入れの口に、とまっていたりするが、棗は、おそらく、ぼくの机の上でやがて二年目に入るだろう。石になるまでぼくは喰わずに見つめたいと思う。だが、長くたてば棗は石になるかどうか。虫が喰うかもしれぬ。あるいはこのままだとくさるものか。そこのところはぼくにわからない。

〔初出：「世界」1976（昭和51）年7月号〕

冬日帖

一

十七歳は中学を卒業した年だから、その年まわりの冬といえば、十六歳の暮れから翌年三月までの一日ということになる。正月前だったか、あとだったか、そここの門《かど》ぐちにま新しい飾り松があって、その根もとへ汚れた雪がかきよせてあった。

京都の上京千本に近い五番町遊廓の妓で、名は千寿子《ちずこ》といった、それが私のはじめて接した女性である。童貞を捨てたといえば、大事な持ち物を落したふうにもうけとれるので、生意気ざかりだった当時の中学生の心懐としてはそぐわない。いまふうに初体験といった方が気持をいいあてているかもしれない。

仏教宗門立の中学が多い京都で、禅宗だけは一校だったので、いまかりにそこをHと頭文字で紹介しておいても、京都人はすぐ見当がつく。私は衣笠山《きぬがさやま》のT院の小僧で、妙心寺よこにあったそのH校へ徒歩で通っていた。なぜか卒業まぢかに、私の学級にだけ遊廓通いがはやった。一級に十七、八人しか生徒はいなかった。大半は臨済派の寺の子か弟子で、在家の子は二、三人だった。不思議に寺の子や弟子ばかりにその風が吹いた。宇和島の選仏寺の子で、松山中学から四年に転入してきたMが、柔道四段で、年も二十四という中学生としては考えられない年まわりだった。教師も一目おく不良ぶりだったが、このMの出現で、それまでおとなしかった寺の子らが、急に柔道をはじめ、気風も荒れて、千本や五番町をほろつき歩いた。もっともMが転入してこなくても、この冬は、卒業前の解放感も芽生えていた。Mはよく松山や京都の妓のはなしをした。ストーブのよこに金網の棚がある。弁当持ちの子らは、三時間目からそれにのせて置き、昼休みがくると、椅子をまわりへよせて喰う。Mはそんな時にはなした。

「五十銭一枚でもあげてくれるぜ。ひき手の婆さまに、ちっちゃい声で学生やといえば負けてくれよる」

中立売通《なかだちうりどお》りが千本に交叉するわずか手前に、下《しも》へさがる露地が一本、口をあけていた。街燈もない暗いこの細路《ほそみち》は、両側から軒のひくい家がひしめいており、戸口に五十すぎた婆さまがいて、夏はあっぱっぱ、冬は綿入れてんこを羽織って股火鉢して、通りをにらんでいた。それが電車の中からでも見える一瞬があって私も知っていた。もとより昭和十、十一年は未成年や学生の登楼は取締法にふれた。だが、昼はいやに暗くて、夜になると下《しも》の方へゆくにしたがい門燈や赤、青のネオンが混んでゆく町の、いくらか低地にあるかげんもあって、家々が何やら相談しあってうずくまる感じなのが好奇心を煽《あお》った。Mは、通りを歩いておれば、婆さまの方から呼んでくれる、気がむいたら、す早く戸口へかけ込み、それからは婆さまの案内にまかせるがよい、といった。妓らはとっつきの溜り場でならんでこっちを見ているから、その中の一人をえらんで指をさせばよい。婆さまはすぐ二階へあげてくれる。料金は前渡しである。

「線香一本、公定は五十銭やけど、そこんとこを上手に値切るのがおもろい。言い値であがったらなめられるぞ」

とMはいった。級の中で実行してきたのがいて、昼食の時間に成果をはなした。Mは笑い皺のふかい大人顔をひきつらせてきいていたが、報告が、自分への媚びとも思えるのか、虚実をたしかめるような真剣な目をすることがあった。私は柔道はやらなかったが、妓は買いにいった。

二

みぞれ雪のやんだ五番町通りは、軒下がやや低いせいで、たまり雪が細長く光っていた。門松はたしかにあった。どんな家にも、分不相応なしめ縄があって、中には御幣紙がつるされていた。ぬかるみを足早やに歩いて、左右に目をくばった。一軒、灯の消えた戸口があって、黙ってさし招く四十がらみの女がいた。まだ艶気ののこったその女は、口もとに微笑をためて、手でこいこいいっている。その感じがこっちの脅えをやわらかくし、内緒でつつんでくれる感じだった。走りこんでいった。一間四方ぐらいの三和土に障子の一と枠だけ硝子をはめこんだのが境になっていた。うす暗い部屋に、五人ぐらい妓が軀をよせあっていた。火の気もないのに、隅でなぜそんなふうにかたまっていたのか。このけしきはあとまで心に残った。はじにいた二十七、八の、ネルの寝巻に菊柄の羽織をひっかけた妓が、私の視線をうばって立ってきた。うしろのひき手女は何かいったようだったが耳に入らなかった。妓は障子の向うでしゃがんで立膝になった。何やらいっているがきこえぬ。あつい唇と、平べったいうちわみたいな彫りの浅い顔に、ねり白粉《おしろい》が厚くういて、つりあがった眼は糸のように細かった。女が、この妓にするか、とうしろからいった。私は、下駄をぬいであがった。中学生と見られないよう絣《かすり》の袷を着ていたが、その柄が、当時学生がよく着ためくら縞だとか久留米絣とかでなく、兄弟子《あにでし》の古をもらったものだからかなり大きな雪模様だったと記憶している。ひき手の女はうしろから走ってきて、妓とならんで階段をあがる私をせきたてるように何かいい、上りきった左手の、天井のひくい部屋で、学生だろう、早くすませて帰るなら大目に見てやる、と早口でいった。私は料金を払った。

妓の部屋は、料金を払った部屋から三尺廊下を少し行った左手にあった。表に向って天井が低くたれこみ、三尺ぐらいの格子窓があったが、そこは閉め切ってある。鏡台が一つと、茶ダンスが一つ。柳行李《やなぎごうり》のようなものも一つ、うす蒲団の万年床に紙カバーの枕もやはり一つころがっていた。

「学生のぶんざいで……」

と妓はいった。それがどうしたとこたえると、細目をなおひらいて、あかんべェするふうに下くちびるを出し、こんなところへよくきているのか、ときく。はじめてだとこたえた。へえとまた唇をつき出して、掛け蒲団の裾の湯たんぽのかげんを手であたった。冷えていたとみえて布をとりはずして立ち上り、

「先に寝とって、入れかえてくるで」

と、乱暴だが姉さんぽくいって降りていった。それからわずかな時間があった。妓はやがてきて湯たんぽを裾へ入れた。それから部屋の隅へいって、茶ダンスの小曳出《こひきだ》しをあけて何かとりだすふうだったが、羽織をぬいで帯のまま、私のよこへ軀を入れてきた。肥り肉の妓だった。たよこになると、木綿蒲団は高くもりあがり、小柄の私とのあいだに暗いトンネルが出来た。たぶん妓は、私がふるえているので取りあつかいかねたのだろう。しばらくそうしているうち、知らぬまに鳥肌だった大鏡餅のような太股《ふともも》を寄せてきた。私の方はそれで記憶を失った。つまり、それからどんなことをしたかということの詳細がわからなかった。気づいた時には、階下から大笑いする妓たちの声がして、妓がいつのまに出たか、私ひとり二階の床にのこっており、笑い声はひき手の女もまじっている気配で、溜り部屋かららしかった。何か私のことをはなしたのだろう。皆の笑いを買っているにちがいなかった。

急いで着物を着、廊下へ出て階段を走り降りた。と、その降り切ったところで妓と鉢あわせになった。化粧しなおしてきたかとみえる妓の顔は、二階での時より細目がなごんで、ねっと

りとからむような色っぽさがあった。歯なみのいい口から舌の先がわずかにのぞいて、

「帰るんか」

と妓はいった。ふりむかないで走り出ていた。

三

千寿子というその名も、楼の名が奥村楼といったのも、あとでおぼえたものだ。卒業した年に、私はT院を出て僧籍を剝奪された。せっかく沙弥職《じゃみしょく》にまで進んだ修行の道を、なぜ途中でやめて還俗したかについて理由を語れば、生意気な年頃ゆえ、とりとめもない理屈がつづく。それに寺に起きた事件も二、三あって長くなるからはぶくが、下京区の八条坊城で履物商を営んでいた母の兄のところにかくれて一カ月ほどたち、寺からの追跡もなくなったころに、同じ町内にあった膏薬《こうやく》の卸元で働くようになった。そこで給料をもらうようになると、休日のたびに、奥村楼へゆき、千寿子と馴染《なじ》むようになった。

千寿子という名については、妓はもう一つの野卑なよび名があると教えた。あけすけで、お人好しで、店でも明朗な方だった。大柄で押しだしのきく健康さも、軒のひくい陽のあたらぬ小部屋ばかりの家では異様に目立つといえたが、造りは前記したように、そう美人でもなく、のっぺり顔ながら、致命的な欠点は、肩肉が張りすぎて首が太くちぢまって、一見、猫を負ったふうに見えることだった。階段をあがる時も、小部屋の隅の茶ダンスへゆく時も、いちいち

背を落すわけではないのに、立居姿が首をすくめる感じをあたえた。それが貧相にみえた。

「綾部《あやべ》からね、山へずっと入るんや。谷がふかいさかい説明しにくいけど、うちは百姓やら炭焼きしてるわ」

と千寿子はいった。綾部は若狭から京へくる途中の乗り換え駅で、紡績町で名高い。駅のホームで汽車を待った日もあるし、またこの駅は若狭から直通の汽車でも西へかなり入りこんでまた戻るため、右側に見える高い山を二ど見ることになる。その山の記憶が綾部といえばいつも思い出されたので、

「右手に棒が一本立った山がある。あの棒は何やった」

「忠霊塔やがな」

私の問うその山から反対の南へ、谷を三里入るのだといった。干柿をつくって売る村だとも教えた。同郷といえないまでも、山二つ三つへだてた丹波だから、その奥の村から、妓がはるばるここまでくるいきさつは、かりにどんなことがあっても、わかるような気もしたし、多くは語らなかったものの、気になっていた右手山のてっぺんに棒のようにみえたのが忠霊塔だったとわかって、いっそう身近になった気がした。逢うほどにくせもわかった。猫背にみえる肩肉のかたまり、猪首《いくび》のようにちぢまった太首、これが妓の劣等意識の根である。客も最初は親しく近づくものの、間をおくと疎遠になるらしく、ひやかし客にも馴れていて、一種のふてくされた感じがまわしのとれぬひけ目とつながり、いつも不景気を私にかこった。年のへだたり

も気にしていない、私への慮外の気安さは、妓が他の客には見せないもののようにも思えたが、時には、表を通る景気のよさそうな客の声がすると、そっちへ声をかけたりし、露骨につめたくもなって、やけっぱちな吐息をついたりした。まわし部屋といって、相客いくたりも処理する稼ぎを強要されていた頃のことだから、寺を出た十七歳の小僧が、しみったれて使う安給料の遊興に気をよくしてくれるはずもなかった。

四

ウワウルシを千寿子がもってきたのはそれから二年目だったと思う。膏薬卸の販売に馴れて、仕事が、自転車のボテ箱に約三百枚ぐらいの「麦わら膏」を入れ、下京でも、十条、久世《くぜ》、鳥羽《とば》のあたりの荒物屋、タバコ屋に配達することにあったため、夜は余暇があって、当時、二部と称する夜間大学に文学部を設けていたRの試験をうけることにした。無試験同様のそれに合格すると、寺を出た翌年の四月に入学した。これをきっかけに、学校に近い「上長者町堀川東入ル」の地で帯絵を描く職人の二階に間借りした。八条よりは五番町に足がかりもよく、給料ののこるうちは通った。たぶんその引越しも、まっ先に千寿子に話したろう。ところが、入学とともにRで連れが出来た。二人とも、H中学出身の、寺から通う、いわゆる田舎寺の御曹司で羽ぶりもよかった。還俗した私の身辺に一種の羨しい自由感でも感じるのか、二人はよくあそびにきた。遊興も五番町へ三人一しょにいった。二人の名はさしさわりがあるのでかりにK

とCにしておく。このK、Cが、私の月給日が遠ざかっていた一日、千寿子の妓楼《ぎろう》へあがって、私の消息を千寿子からきかれた。もっとも、この時、K、Cのどちらかが、千寿子の客になったかどうかわからない。あとできいても笑い話にされるようで、曖昧のままになった。春にはまだ日の遠い寒い空の一日だ。朝早く、帯絵職人の細君に起されて、来客だと告げられた。

「女のひとどっせ」

と細君は乳呑み子《ちのご》を抱いて眼つきをちょっと変えていた。心あたりはなかった。二階の窓から表の通りを見た。向いに焼芋を売る店があった。軒から三尺ほどテントをだしている。それで眼下《めした》の道路はそこだけ狭くなっている。その道のこっちの軒下へ、いま、雲が割れてにぶい陽ざしが橙いろにぼんやりあたっている。そこにくるくる廻る日傘兼用の赤い傘がみえた。傘から素足の利休下駄がのぞいていた。はみ出た肩はまぎれなく千寿子で、裃《かみしも》をきたような着物姿であった。こっちが二階から見ているのに気づいていない様子で、軒にへばりついたコンクリート製の電柱へよりかかって傘を廻している。

階下へ廻って玄関からよんだ。千寿子はすぐ気づいてペコリと一つお辞儀して走りよってきた。傘をすぼめながら奥を気にしていた。

「かめへん。あがって。何の用や」

と私は、睡気《ねむけ》ものこっていたのでふらつく足で中の間から階段をあがった。千寿子は机と寝床しかない私の部屋を見まわして、だまって立っていた。はれぼったい眼だったが、糸に閉じあわさっている瞼《まぶた》は見馴れていた。不健康には思えない。

「こんなに早ようおこしてすんません」

と千寿子はいった。まだ立ったままで、もっていた風呂敷包みから、新聞紙にくるんだものをとりだして、

「これ呑んで下さい」

田舎から送ってきた茶でもあるか。それにしては、こんな時刻にくるのも、という気がした。まあ一服してゆかぬか、というと、

「うち、お里はんに黙ってきたさかい、おくれたら叱られます。ないしょで来ました。ぜひ呑んで下さい。何杯も、何杯もね」

お里とはひき手の女の名だった。千寿子はそういうと、急に眼をしわばませて泣くように口をゆがめた。どうしたのかと思うまもなかった。よこに向けた顔をそのまま、階段の方へ走って消えた。追ってみたが、階下に姿はなく、土間でひっかけた利休下駄を、そのままひきずるように、敷居をまたいで走り出ていたのだ。二階へもどって、堀川の方へ路が多少はひろがる西側を追っていると、やがて軒からはみ出て、傘をささずに走る妓の、首をちぢめ、いやに低くみえるずん胴の背姿があった。見ているうちに電車道へ消えた。

五

新聞紙の包みは、向いの焼芋屋がよく客に手わたす一方だけ糊で貼った粗末なもので、口をあけると、中から、かわいた小指の爪ぐらいの茶褐色の何かの葉っぱが出てきた。包みの上に、墨字で、これは薬局の字ではなく、

「ウワウルシ。一日四、五ハイ服用」

とあった。私の名が宛書きにされている。膏薬屋にいたから、その漢方薬の名は知っていたが、干葉を煎じて呑めば小便の出がよくなるということを知るのはあとのことである。しばらく顔を見せなかったK、Cと久しぶりにあった時、何げない話のついでに、二人が奥村楼にあがった際に、千寿子があまりに私の近況を聞きたがるから、Kの方が突然思いついた悪戯《いたずら》心で、私が原因不明ながら、花柳病らしいものにかかって困っていると口走ってしまったときいた。よくある話だが罪なことをいったものだ。千寿子の行動は、つまり、その翌朝のことで、私は正直そんな病気に罹《かか》っていやしない。足がとまっていたのは、小遣銭がなかったせいでほかに理由はない。ウワウルシは呑みもしなかった。ながいあいだ押入れの隅に放っておいた。だが、蒲団をとり出すたびに漢方薬は目に入った。一瞬、泣き面になって走り出ていった妓の顔がいつまでも残った。

千寿子は自分が原因で、そのような病気にかからせたと思いこんだらしく、捨てておけなかっ

たのだろう。これ以上の臆測は読者にまかせるしかない。

他人はどうかしらぬ。六十近くなって、しきりと、中学卒業した頃のことなどよく頭にちらつくようになって、ああでもない、こうでもないと、虚実いろいろのことを思いかえしてみている。つまり、昭和十一、二年頃から、この世が騒々しく変りはじめて、どこでくらしていたにしても、貧乏な若者だった一個の生《せい》にさえ、時のうごきはふかくつながりはじめた季節というしかなかった。その頃のことがとりわけて詮索され何ども思いかえされる。幼少期を若狭の農村で送り、事情あって京都の禅寺に小僧にきたものの、中学卒業するまではとにかく寺の生活だから、それはそれで社会性もなく閉じこめられていた世界だったゆえ、どっちかというと、暦のなかでもこの期間は凍った根雪のような頁になって、一くくりにしてある。ところが、十七、八の頃からは、はがせば一枚ずつ日めくりも鮮やかによみがえる。初体験といえば、いまふうにきこえて、手垢《てあか》のついたことばながら、人も、このごろの若い者などといって、内心、昔と比較しようもない早熟者の変りぶりを、己れにかさねあわせる時間をもつ。それでさて、千寿子といつかかわりを絶ったか。妓が店をやめてからだったか、それとも、私が満州へ行ったためにか、逢えなくなった日のあたりの記憶ははっきりしない。戦争のはげしくなりはじめていた一日の、冬日のこぼれていた寒い朝、橙いろの露地を、日傘をまわして訪ねてきた女の肩の少しあがった姿は鮮明にある。つけ足すことばはひかえようと思う。今日までのわが人生の一日で、血の絆もない他人であるはずの女性が、ふかく心を占拠した日はこの日をおいてあまりない。
私より七つ上だった。いま存命なら六十四になる。消息はもちろん知らない。

〔初出：「中央公論」1976（昭和51）年2月号〕

リヤカーを曳いて

毎年八月十五日がくると、かならず思い出すことがあって、そのことをあまり人に話さなかった。が、最近、ある新聞から「風景論」という小文を依頼されて、そのことについて少し書いた。しかし、少し書いたぐらいでは、永年かくしていたことを、それでしゃべったことにはならない気もするので、この機会にそのことを書いておく。前書きめいて恐縮だが、なぜ、こんなことにこだわるかというと、八月十五日——すなわち、私たち戦中派の庶民にとって、この日は辛かった大戦争がようやく終った日であって、それまで、夜は灯もつけず、警報が鳴れば、ゲートルまいて火たたきをもって防空壕へ入る、といった、つまり夜もろくに眠れない日がつづいていた上に、大本営の報道では嘘をつかれていても、うすうす敗け戦の様相はわかっていて、この上はもう一億総決起、まかりまちがえば、老若婦女子までが、アメリカ兵と刺しちがえて死なねばならない、というような、暗い気持でいたのである。頭の上に鉄板をかぶったような、息苦しくて、希望のない、お先まっ暗だった暑い日に、とつぜん天皇が詔勅を渙発《かんぱつ》されただけの事で、つまりこの日の正午のラジオ放送を期として、終戦がきたのだった。

「日本のいちばん長い日」とよんで、この日の朝から晩までのことを映画にした人がいたが、庶民にとって、この日は、そんなに長かったかどうか。とにかく、それぞれの思い出はあり、誰もが、話せばながい短かいの差はあっても一篇の掌篇ぐらいになりそうな経験はもちあわせていようと思う。「いちばん長い日」などではなくて、「とても短かかった日」だと思う人もいようし、「とても嬉しかった日」と思う人もいようし、反対に、「とても悲しかった日」と思う人もいよう。当時、日本内外地で、何千万の人がこの終戦を迎えたか詳《つまび》らかではないが、おそらく何千万の人が、何千万の思い出を今日も胸に抱いていることと思う。さて、そのように、「八月十五日」は日本人にとって忘れがたい。ところが、私だけは、その日についての思い出をあまり人にいわなかった。なぜか。


朝眼をさましたのは、六時半ごろだったと思う。村落から一里ほど山道を歩いて、本郷という駅までゆき、そこから、勤め先の学校まで汽車にのる習慣だったから、汽車は七時半発なので、その頃に起きていなければ間にあわない。とにかく、炉端でめしを喰っていると、外から声がして、

「ツトムよ。わしと一しょに小浜《おばま》へゆけや。山岸さんがチブスになったでェ」

と父が入ってくる。この父は当時五十八歳。大工仕事で張り切っていたから、まだ元気だっ

た。胸をはって上りはなを上ってくると、

「役場へいったら、チブスは法定伝染病やさかい、小浜の隔離病院へつれてゆかないかんいうた。しかたない。リヤカーにでもつんでゆかにゃ。汽車にはのせてくれん」

情なさそうにいうのだった。私はめしが咽喉《のど》へつまった。山岸というのは、東京からこの年の四月に疎開してきた友人で、私は、この友人の細君と男女ふたりの子を村であずかっていた。あずかっていたというときこえはよいが、山岸が若狭へ疎開したいといってきたので、村の農家を借りてやっただけのことなのだが、この友人は、疎開して三日目に召集令がきて、横須賀の海兵団に入ったが、出発時に、あとのことをよろしく頼むといって出たので、私は、細君と子二人を、とにかく、村に住まわせて、援護してやらねばならない立場だった。しかし、その援護も、思うように出来なかった。私は隣郡の小学校の助教こそしているが、月給は闇米三升も買えない額だったし、朝七時半に駅へ出て、勤労奉仕でつかれて帰ってくると、すぐ寝たので、歩いて五分ほどの、父の知り合いの農家に間借りさせている山岸一家のことについては、気になりながらも、顔さえみない日が多かった。その細君が、チフスに罹ったときいて、自分ごとのようにうろたえた。というのは、父のいうとおり、伝染病であるから、隔離しなければならないが、頭にきたのは、この細君が、江戸っ子でしゃきしゃきしているところへむけて、子供二人が、何やかや、食糧のことやあそび場のことなどで、農家の未亡人とウマがあわず、日頃から口もきかない間柄になってしまっていたことである。もっとも、このような、疎開者と農家との悶着は、日本国じゅうで起きていたろうが、とにかく、山岸一家は、疎開してきて三日目に当主を召集令でとられ、何かと予定が狂った上に、東京で焼け出されているために、無けなしの衣類、時計、鍋釜、書籍などをもってきたものの、それらを食べざかりの子らのために米に換えねばならない事情にあって、細君は、またヒステリー症だったから、しょっちゅう、村の悪口をいうようになっていた。つまり、私という人間が、つとめ先も遠かったために、力のある相談相手になれなかったせいもあって、村へ疎開してきたことを後悔し、それを口にもしょっちゅう出したのは、夫を兵隊にとられた憎悪もあったろう。とにかく、八月へ入った頃は、農家自体にもかくし米はなくなっていて、麦に大根葉、蕗《ふき》、芋など入れた雑炊で喰いしのぐありさまだったから、疎開してきた町人の食事はそれ以上であった。子供らは川へ入って、百姓の子でさえが喰わない泥ガニだとか、川エビをとって、代用食にしていた。父が情なさそうな顔をしたのは、つまり、私への無言の非難がふくまれている。厄介な一家を村へつれてきたという意味と、川エビや泥ガニを喰ったりするから、チフスになったのだ、という、かすかな町人への憐愍《れんびん》のこもった軽侮感である。

「しかたない……お前、今日は学校やすめ。小浜の病院までゆこ」

父はそういった。私は、急いで、駅へ向う勤め人の家へ走って、一日の休暇を頼んでもらい（村落には電話はなかった）、腹をきめて、山岸の細君のいる農家へいった。細君は、板の間の筵の上に寝ていた。額には手拭がかけてあって、わきに子供がすわっていた。農家の人たちはいなかった。あとできくと、医者がチフスと断定した前夜から、親戚の家へ逃げて、いなかった。これももっともなことである。うつれば大変だ。うつっても仕方がないとあきらめておれるのは身内の者だけである。私は、上が五つ、下が四つの子らが、つくねんと坐って、異郷で恐ろしい病気になった母を見守っている光景をみて、足が硬《こわ》ばった。

「どうや、どんなあんばいや」

と私はわきに行って顔をのぞいた。細君は、真っ赧《か》な顔をして、泣いているのか、わらっているのかわからないような、渋面をつくって、顔を左右に少しうごかしたが、首に汗がながれている。眼はとろんとして、元気がない。

「小浜の病院へゆこ。わしと父がつれてゆくさかい……安心しな。子供らはうちの母がいるで……とにかく、病院へ行ってゆっくり寝るがええ」

私は、なぐさめようもなくそんなことをいっておいて、すぐ家へもどって、仕度にかかった。リヤカーの上に板戸をおいて、父とごろごろ曳いて行った。そしてふたたび、農家の縁から、細君の間借りしている板の間へ入ると、寝たままの細君を、私が頭の方をもち、父は足の方をもって、敷ぶとんごとリヤカーにのせた。細君は細身で、やせた体質だった。その上、栄養失調になっていたから、ひどく軽かった。父は、細君の頭を、リヤカーの把手へのびた二本の鉄棒の下へすわりよくし、地べたにつくくらいの長い板の上へ、足をのばさせて寝かせ、その上へ毛布をかぶせた。出発する時に、細君の額に手をあてて、

「四十度はあるな」

といった。つまり、この時、細君が、ひとことも物をいわなかったのは、高熱で口がきけなかったのである。そうして、顔が真っ赧だったのは、陽焼けの上に、熱のための上気だったろう。玉の汗は、首すじから、胸へながれ、貧相な胸の隆起のあるあばらへ吸われている。細君は、二十七か八だったはずだが、ぬれタオルをかぶった髪がかさかさしていたせいで、ひどく老けてみえた。私らは把手をあげると、板が地について ケリケリと音をたてるのを、なるべく地につかないように、力を入れて出発した。私の母が、細君のつかっていた茶碗、箸、鍋、釜など入れた木箱と、そのほかに炭半俵を足もとにのせたので、荷はかなり重くなった。私が把手をとり、父が、把手につないだ荒縄を二本縒《よ》った紐を肩にかけてひいた。そうして村落の下口まできた時、母に両手をひかれてはだしで立っていた二人の子らにいった。

「お母ちゃん、すぐ息災になってもどってくるでェ」


若狭本郷から小浜まで四里あった。伝染病患者を収容する病院は、当時、近在の人は避病院とよんでいたが、小浜でも東のはずれの桑畑の中にあったので、かなり遠かった。私と父は、山岸の細君とふとんと当座の世帯道具をのせたリヤカーを曳いて、先ず村落から山ぞいに若狭本郷まで出たが、その時刻はもう陽はかなりの高さにあった。線路に沿うて、尾内、長井、鯉川、加斗、勢《せい》、青井山と、村落がつづくのだが、この道は海に面しているので景色はよかった。

よく人はリアス式の若狭海岸というが、たしかに小さな岬や半島が無数に出ていて、汽車は、この凹凸のはげしい海べりを、岸すれすれに走ったり、トンネルをくぐったりして小浜へ抜けてゆく。げんに、私たちがリヤカーを曳いてゆく時に、何時発かの上りと下りが、私たちを黙殺して通った。私たちは、曳く手をやすめて一服して、地めんをゆるがして通る汽車を見た。汽車の窓には、通勤者と召集者らしい国民服の男がぎっしり乗っていて、「万歳」と書いた国旗を窓にはりつけている者もいた。

尾内、長井は海すれすれの道だった。分教場や、墓場や、埋葬地のある海の道は、砂利が敷かれているので、時にリヤカーのタイヤがきしんだりした。十時をすぎたころに加斗の駅を通った。そこから美しい松原だった。昔、若狭の殿様が植林したといわれるこの松林は、天の橋立のように、白砂の磯のきわに植えられていて、ひくい下枝が形よくくり石の散在する磯を這っていた。陽が照りつけるので、頭が焼けるように暑かったが、松原へくるとそれが翳った。私たちはそこでまた、一服した。山岸の細君は、高熱なので、おそらく、リヤカーにのせられてゆく自分をはっきり意識していなかったろう。それは、一服のたびに父と私が交代でとりかえる冷しタオルの熱さにも出ていたし、とろんとした眼や、かわいたくちびるに出ていた。私たちは不安であった。チフスという病気ははげしい下痢をともなっているし、また高熱だから、炎天の下を長時間歩いておれば、急変がきて、リヤカーの上で心臓がとまったりしはしないか。私も父も、病気には幼稚な知識しかなかったので、はらはらしていた。とにかく、一分間も早く、町の避病院へはこんでやらねばならない。

父は松原を出るころに、しきりに駅長の悪口をいった。

「馬鹿な奴や。一秒間も争う病人やというてたのんだに、切符を売らなんだ……客にうつるいよった……」

父は駅へたのんで、小浜まで切符を売ってくれ、といったらしい。すると、役場の証明書をもってこい、と駅長はいったそうだ。それで、父は役場へいって、証明書をもらった。ところが、「チフス患者」と書いてあったので、駅長は、列車には、召集者が大勢のっているから同乗させることは出来ぬとことわった。この当時は、ひと駅乗るにも、当該地区町村長の旅行者証明書が必要だった。父が駅長の悪口をいったのは、つまり、このような、杓子定規な条令に文句をいっているわけだった。たしかに、一秒間も争う病人をリヤカーにのせて四里の道を歩くことはつらかった。陽はだんだん頭上にのぼってきて、私たちの影は小さくなった。白砂利の道は半紙のように白く光って、ゴム靴の底が痛いほど焼けた。おそらく、病人は、地めんからそう間隔のない板戸の上に寝ていたから、地熱は首すじを火のように焼いたろう。私たちは、松原を出ると、加斗坂を登った。

小浜へゆくためには、加斗坂と勢坂とよばれる二つの山坂をすぎねばならなかった。九十九折《つづらおり》になったこの赤土の道は、二つのトンネルの上を通っていて、ある高さまでくると、海へせり出した崖の上になった。崖の上には子谷があって、泉から小川が流れ、海へ滝のように水が落ちていた。ここは、昔から旅人が一服したところで、背のひくい、鼻の欠けた石地蔵が立っていた。

そこへくると、私たちはまた一服した。

父は、山岸の細君の額のタオルをとって、道ばたの湧水《わきみず》へ走ってくると、ゆるくしぼって、細君の額を拭いてから、四つにたたんで額にのせた。細君は、まだ、熱がひかないとみえて、かわいた口をかすかにうごかすだけで、物を言わなかった。あいかわらず赧い顔をしており、玉の汗であった。

「ツトムよ、もうひるや。ここで弁当にしよか」

と父はいった。私はうんとうなずいた。まだ、もう一つ坂がある。その坂へさしかかる頃は、腹もへっていよう。湧水のあるこの崖の上は、木蔭でもあった。そこで弁当は時機を得ている。

「もうひるや」

と父がいうので、空をみた。陽は中天にあって、海と崖とを焼いていた。私たちは、よごれたよだれかけをしてもらっている地蔵のよこへリヤカーをずらせた。そして、細君の頭が重いために、手をはなすと板の前方が地べたにつくリヤカーの把手に、拾ってきた木片でつっかい棒をして、細君がなるべく、安息に寝ておれるように工夫して休ませてから、地べたにすわった。

そうして、母がつくってくれた沢庵《たくあん》ふた切れしかない麦入りめしの弁当を喰った。

「今日は何日やったかいな」

とめしを頬ばりながら父が訊いた。

「十五日や」

と私はこたえた。

「ほんなら、わしも、ついでに尻《けつ》をみてもらおかなァ。小津さんへいってまた切ってもらわなどもならんさかい。さっきから痛うてかなわんねや」

と父はいった。

父は極度の痔疾《じしつ》に悩まされていた。私は、父の尻を見たことはないのでわからないが、なんでもナスビのようなものがぶら下ったみたいに、大腸の口が外へ出ているると、父はいった。「痔瘻《じろう》」というのらしかった。父は大工だったので、重い材木をもったり、道具箱をかついだりする。そんな時、息に力を入れると、そのナスビのようなものが尻へとび出てくる。父は、いちいち荷をおろして、指につばをつけ、その出物を押しこまないと歩けなかった。

「出たのか」

と私はきいた。

「うん、リヤカーが重いでなァ」

といった。

「坂へくると、頭《こべ》を出しよる」

私は、父が弁当箱をしまうと、いらだたしそうな顔をしてうしろ向きにしゃがむのを見ていた。出物をひっこめているのがわかった。

しゃがんだ父の向うに、若狭の海が美しい水平線をみせてひろがっていた。崖の裾には、塩をふりかけたように波が打ちよせ、裾の海はふかい紫紺の色だけれど、だんだん淡色にかわって、沖は錫いろに光っていた。山の背で蟬がしきりに啼き、道のすぐ上まで下枝を這わせた松には風が鳴っていた。

私は、湧水の穴へいって、顔をつけて水を呑んだ。

「さあ、ゆこか」

と父は、出物がひっこんだために気分がよくなったか、元気な声でいった。

「うん」

と私はリヤカーのところへもどって把手をとった。父は縄を手首へまいた。そうしてまた坂を降りていった。降りしなはリヤカーの尻が地めんをすってケリケリと音をたてる。病人の頭にこたえてはいけないから、私は把手を胸の高さにとどめて、軀を宙にうかせながら、海ぎわの風のふく道を降りていった。

正午をまわって、そろそろ一時になろうかとする時刻であった。

私たちの眼には、ひろびろと広がる海と、その海へずり落ちるように迫る右手の山が赤土をむきだしていた。

天皇の詔勅をきかなかった私は、終戦のことを知らなかった。

つまり、誰もがラジオに聞き入っているころは、加斗坂の石地蔵のよこで、麦めしを喰いながら、父の痔疾とリヤカーの上の友人の細君の病勢を心配していたのである。そして、眼の前には、美しくひろがった若狭の海があっただけで、この時刻が、あとで、「歴史的な時間」となることを知らなかった。「日本のいちばん長い日」とか「歴史的な日」とかいうのは、観念というものであって、人は「歴史的な日」などを生きるものではない。人は、いつも怨憎《おんぞう》愛楽の人事の日々の、具体を生きる。「波瀾万丈《はらんばんじょう》の人生を生きるなどという表現があるが、そんな人でも、ひょっとしたら、その人生は何枚かの風景写真にすぎないのではないか」と、私はのちの「風景論」に書いた。

〔初出：「小説サンデー毎日」1972（昭和47）年10月号〕

山寺

一

額がひろくて、茶色の勝った髪が、かたちのよい両耳のうらへ絞られていた。小造りな顔だちだが、色が白いのでかわいい感じだった。二十三だといっていた。短大を出てすぐ結婚したはずで、山寺もまことに山奥の小庵《しょうあん》といっていい貧乏寺の、樹の混んだ石段の途中で出あったのだから、声が出るほど美しくみえた。

「こいつだよ」

と承道はいった。そういうよび方は、この時、冷酷に思えた。友人の報告で、承道が貰った嫁についてのあらかたの知識はあった。だが、当人をみてびっくりしたのだ。こんな女が、こんな山寺へ、よくも嫁にきたもんだ。同時に、承道へのかすかな反感が生じた。口上手にたらしこんだのだろうと、友人の手紙にも書いてあった。

承道がいた僧堂は京都の燈全寺だった。五山の筆頭だと彼は自慢していた。ぼくらと同じ中学を出ると、臨済派の専門学院にゆき、そこで三年、宗学を学んで、僧堂入りした。約八年、修行をつづけた。そこでこの新妻を得た。僧堂で恋女をつかんだとは変な言いまわしだが、それ以外にいいようがなかった、と友人の手紙にはあった。

新妻は加奈子といった。京都のA短大生で、その年の夏休みに、学生仲間で参禅に行ったのだそうだ。女子学生にも坐禅は近ごろのブームだそうだが、まだ今日ほど、女性に禅が歓迎されていたとも思えない。A短大の有志五名が、男ばかりの僧堂へ夏季だけの坐禅修行を申込んで、入参をゆるされる。さばけた老師だったそうだ。だが僧職でない者に参禅させる風習は昔から燈全寺にあった。負けてばかりいた職業野球のT球団の監督K・Nも、シーズンオフには必ず入参した。スポーツカーで老婦人をひっかけて大怪我させたDガス会社重役のどら息子のS・Mも、父親の懇願で剃髪して、監獄ゆきをまぬがれた。大昔は左翼の闘士B・Kも、監獄で転向、やはり、この僧堂へ入って俄《にわ》か坊主になった自伝がある。時がかわれば、禅の道場も、短大女学生の参禅場になって不思議でなかった。本当の坊主、というとこれも変な言いまわしだが、承道のような雲水は、燈全寺には、五人しかいなかったそうだ。

M老師は、参禅女学生の指導を副司《ふうす》寮にいた承道に委せた。彼はそれで、加奈子にめぐりあった。友人の報告だと、二十日間の参禅生活を終え、修了の茶話会が、中京の中華料理店でひらかれたそうだ。会が終ったあと、承道は加奈子に求婚した。「やがて自分は在所の寺へ帰って、寺院経営にたずさわらねばならぬ身だが、あなたのような人が嫁にきてくれたら幸わせだ」といったそうだ。加奈子は、その夜、しかとは返事せず、考えさせてくれといって別れたそうだが、五日ほどして、返事をよこした。「自分は、正直なところ、宗教のことはわからない。しかし、宗教にひかれていることは確かである。二十日間の坐禅生活で、禅宗僧侶の生活も一端ぐらいはわかる気がしたし、宗教人の生活はやはりすばらしいと思った。それに、あなたへの関心も正直ある。父母にも相談したところ、お前がえらんだ人ならいいだろう、といってくれた。結婚したいと思う。そのかわり、一生、自分は仏門に入っていたい」といったそうだ。失恋の経験もあったのではないか、そうでなければ……と友人の手紙はいっていた。ぼくは、石段の途中でひっかえして庫裡《くり》の方へ先を急ぐ新妻の白いふくらはぎが、葉鶏頭《はげいとう》の畑の中でゆれるのがまばゆかった。いいひとを貰った、と承道にいったら、

「こんな山寺なんで、彼女もびっくりしてたよ」

と他人事のようにいった。

その夜は、ぼくと、村の素封家（檀家総代だった）の息子夫婦がまじって五人で食事した。素封家がはこんできた鶏肉は、地めんで飼っていたものでうまかった。酒も出た。新妻は台所と書院の間をしょっちゅううごいていた。食事を終えて、庭の見える縁にならんだ時、

「やっぱり来てよかったと思います」

と新妻はぼくにいった。

「でもこの人の、駅から三十分といったのは嘘でして、車で二時間もかかって、また山の石段をあがるんですもンね。この嘘つき、と思ったけど、住んでみて、いい村だってことがわかり、お寺の生活も希望どおりのものなんで、安心もし満足しています」

このとおりではないが、広島弁をまじえてそう語った。ぼくはその時、たった六十戸ぐらいしかない村に寺が二つあって、それで喰ってゆけるのか、ときいたら、わきで承道が、

「この村は代々の禅宗信者が八十パーセントを占めている。檀家もよくしてくれる。死んだ父親の徳もあるのだが、それに、裏山の墓地に足利義教《あしかがよしのり》の首塚があって、観光にくる人もふえた。足利家は、没落してはいるが、八十何代かの家は京都にあって、年々、斎料《ときりょう》もくれよる」

と京都弁をまじえた。

その首塚へは翌日詣《まい》ったが、熊笹のおいしげった坂道を、かなり登った山の中腹で、墓石とも、団子石ともつかぬ、彫文のない石を三つかさねた塔のようなものがあるきりだった。承道の父親が建てたらしい古びた標示に、赤松満祐《あかまつみつすけ》謀反の筋書きと、義教の不幸のことがのべられていた。本当かどうかしらぬが、草の中にかたむいた塔をみていたら、ここまで血首をひっさげてきた武将の面影がむごたらしく想像されたりした。

しきりに山鳩が啼いていた。あれは五月の末ごろだったかもしれぬ。眼下に寺の本堂の屋根が傘を干したようにみえ、ぐるりは欅の新葉が、蟬のうす羽のように光って風にそよいでいた。二泊して帰ったが、二夜めの思い出に、いまも残る光景があった。

新妻に案内されて、庫裡の風呂へ行った。電燈のない四尺四方あるかなしかのぬぎ場につっ立っていたら、たぶん学生時分のものだろう、チェックのスカートをたくしあげて、湯のかげんをみにきた加奈子の、白い足が窓あかりの中で浮いている。

「広島のご両親はお元気ですか」

ぬれた手の甲を額にあてて、

「母はガンで死にました」

といった。病人の多い家柄だときいていたが。仏門にひかれた理由も、この人なりの根雪の中で温められてきたものだったろうか。結婚した以上は、寺のだいこくとして、夫に献身するつもりだと、覚悟のほどがみえる挙措《きょそ》だった。ぼくには、それが、とても感じよく思えた。そうして、友人への羨望はつよまった。

帰る時、若夫婦は駅まで送りにきた。帰りにデパートへ寄るのだといっていたが、加奈子は、いつまでも柵のところで手を振っていた。

二

ぼくは承道たちのような寺の出身ではなかったが、十歳で出家していた。若狭の農家の次男坊で、京都の相国寺の塔頭で得度した。十一歳だった。この寺は瑞春院《ずいしゅんいん》といったが、ここにもだいこくがいた。和尚は当時四十四歳。働きざかりだった。細君は三十三だった。丸太町千本の会社員の娘で、一ど結婚に失敗し、出戻りでいたのを、和尚が親戚筋の葬式の日に見染めて求婚して一しょになったと、あとできいた。この細君は丈が高く、細面の顔にそばかすをちらばらせていた。晩婚の和尚が何かと気をつかって甘く大事にするのにひきかえ、和尚を下手にみて邪険にあつかうところがあった。かと思うと、裏がえしたように、鼻をならしてぐずったりする性格だった。会社員の父はガス会社で下積みだった様子で、くらしもそういいとはいえないのに、気位が高く育った感じが、子供だったぼくにわかった。ところが、ぼくが十三歳でここを脱走してから、和尚は肺患になり、細君はずいぶん看護で苦労したらしかったが、まもなく和尚が死ぬと、塔頭寺を追いだされて姿を消した。子が一人あったが、その娘さんも一しょに寺を出た。出たというより、出されたのだった。相国寺は五山でも筆頭株で、格式のある寺だったから、山内寺院住職に妻帯はゆるしていたものの、住職が死ぬと、細君も寺を出る習慣だった。新しい和尚が新しい妻をつれて晋山《しんざん》してくるから、古いだいこくは邪魔になるわけだろう。まれに、先住職の細君が居残って、新命和尚の若妻につかえる姿をみることはあっても、これらは、新住職が先住の弟子筋にあたった場合で、弟子でもない無縁の若和尚だと、やはり居づらかったと思われる。瑞春院の場合は、遠い九州の方から新和尚がきた。

ぼくは、十三歳で衣笠山の等持院へ移った。またここで修行したのだが、この寺の和尚も、七十歳だったにかかわらず、入籍していないだいこくがいた。この細君は二十五歳で、和尚とはずいぶんな年のひらきだった。やはり、葬式にきて、見染められて、和尚の後妻の座におさまったときいた。貧乏な家の出身で、夫が死んで葬《とむら》いにかかる金がなかったほどだったのを、和尚が助けて、裏の墓地に葬った縁だった。貧しい檀家の若い女性が、菩提寺の和尚に拾われたケースを二つみたといってよい。ところが、この和尚も、ぼくが中学を卒業する年まわりに急逝した。新住職は天龍寺山内から輪番でくる雲水たちの仮住ということでなかなかきまらなかったが、細君は本山の命令で寺を追われた。入籍されていなかった。輪番制の雲水たちと、また、絆が出来ては面倒なことになるとの、本山側の配慮だときいた。やはり、細君にも子がいた。五歳と三歳の男女で、細君は子の手をひいて、四十九日の法要の夜に姿を消した。どこへゆかれたか、ぼくたち小僧に報告はなかった。

ぼくは十七歳でこの等持院を出て以来、仏門に帰っていない。幸い、中学だけは卒業していたので、薬局の販売員や、新聞配達などしてくらしたが、十歳から十七歳までの寺院生活をふりかえると、いつも、二人のだいこくの姿があった。等持院のだいこくは、まだ二十五で、娘々してみえるひとだったが、けなげに七十の老和尚の身廻りにあけくれていたし、隠寮と、ぼくらのいる庫裡がはなれていたのと、それに、小僧が十人もいたので、顔をあわせてはなす機会は少なかった。瑞春院でのように、小僧一人なら、食事も一しょで、何かとだいこくの性格や和尚との日常がのぞけ、子供ながらの感情ももてたものだが、等持院の場合はそれがなかった。若いだいこくが、おとなしい、淋しい顔だちのひとだったことぐらいが、いま記憶に鮮明である。

いずれにしても、ぼくは、中学時代の友人柵《しがらみ》承道が新妻加奈子を貰った報《し》らせをうけた際、頭にうかべていたのは、ぼくが嘗《かつ》てすごした寺院での、だいこくたちの薄幸な顔だちだった。一人は、和尚の死後に、何一つ形見分けをもらった形跡はなく、子供をつれて寺を出ていったし、一人は、やはり子をつれてどこかへ行ったきりの思い出である。

ぼくは東京へ帰ってから、承道の結婚を報らせてきた友人に、長電話で、二泊逗留《とうりゅう》して、歓待をうけた経過をはなしたあと、加奈子は入籍されているのかときいてみた。友人はこんなふうにいった。

「もちろん、入籍されてるさ。いまは昔とちがって、禅宗も真宗なみになって、だいこくのつとめというのがあるんだよ。子が出来れば、男の子の場合は、ちゃんと僧侶に育てりゃ世襲もきくし、また女の子でも、僧を養子にとれば娘を寺におくことだってできるようになった。承道はあっちの方も旺《さか》んなようだし、加奈子さんも、きゃしゃにみえるが、あれでなかなかの惚れようだから、子は一人や二人ではすまんだろう。丹波の山奥の貧乏寺といっても、足利家から斎料もくる由緒のある寺だしね。結構やってゆけるさ」

ぼくが小僧をしていた昭和初期にくらべたら、敗戦後の禅宗寺院の経営は大きく変っていたといえる。いまはたいがい、託児所経営とか、だいこくがアルバイトにやる華道や茶道の教室が繁昌している、収入もそれで、子が大学へゆけるぐらいの費用は貯えられるのだ、と友人はいうのだった。ぼくは、正直のところ、知足、清貧を説く禅僧が、座右に置く『信心銘』や『臨済録』の行間に説かれた、僧のあるべき姿の、脱俗、孤貧、一衣漂泊、行雲流水といった境涯とはまったく無縁な、新しい寺院経営ともいえる場所で生きていることにあきれもする一方で、また、このような半俗的生活の充実がなければ、短大を出たてのうぶな加奈子が、丹波の山奥まで嫁にゆく理由がつかめないぞとも思うのだった。うなずいていると、友人は、受話器をもちかえる気配で、

「新しい性《エロス》というのかな。近ごろの娘の傾向のなかに、牧師だとか僧侶を恋うる志向があるときいているよ」

といって、語調をつよめた。

「これは承道ののろけ話だが、加奈子さんの場合は、つまり、在俗の生活よりも、宗教的生活をする人間に魅入られるところがあったらしい。つまり、加奈子さんのエロスは、承道という坊主と寝ることで、ともに宗教生活も出来るとする充足感だ。無邪気な娘さんだ。誰もが都会で住みたがるのに、山の庵主の承道が新しいエロスの神だとすると、これは聞き捨てならんつわものだったという気がせんではない。ヤツは当分、加奈子さんの神さまさ。いや仏さまか。ぼくは、あいにく、禅のことは不案内でわからんが、エロスも禅にいていいいんじゃないか。ヤツは幸福なダルマさ」

電話だから、短絡めいてきこえる友人のこえは、ぼくの耳たぶをかなりつよく打った。受話器を置いて書斎に入ってから、ぼくは、あの山の石段の途中まで迎えにきていた新妻の、額のひろい、うぶな顔をおもいだした。それと、風呂へ入った時に、湯かげんを見にきて、母が癌

で死んだと告げた時の、意外に明朗だった物言いも思いだした。それから、ぬれた手の甲を額にあててこっちをみていた女の眼が、異様に鮮明だった。

あの眼は、新しいエロスにめぐりあえた女の眼だったろうか。友人がそういうなら、そうとしかいいようがあるまいが、山を登って、義教の首塚の前にいた時も、青葉の木もれ陽を背にうけてあの新妻はやはり可憐だったと思った。

三

ぼくは、いってみれば、坊主になりそこねた脱落者だから、中学時代の友人との交際は少ない方だった。宗門立の中学だったので、学友の大半は僧侶だ。承道のように地方の末寺の子弟は寄宿舎にいたが、のち還俗したぼくと、このたび承道の結婚をしらせてくれた友人などは、同級生でも、僧侶でなかった。彼は燈全寺派の檀家の息子で、父が熱心な禅宗信者だったため、ぼくらの中学へ入れられたといっていた。その友人と、ぼくは卒業してからも文通をもった。だが、それも、敗戦後はしばらく沙汰がなかった。二十五年頃から、それぞれが生きていることがわかって、また文通がはじまり、ぼくが、丹波の山寺へ、承道の新妻を見にいったのも三十年だったから、もうそろそろ世間も敗戦の衝撃から息をふきかえしはじめ、朝鮮動乱の軍需景気もあって、食糧もゆたかになりつつある頃だった。ぼくはそれからも、承道夫妻のことは、気になっていたが、年賀状や、暑中見舞の交換で、わずかながら消息はわかっていた。加奈子は三十五年までに、子を三人生んだ。男子二人女子一人である。ともに健康に育ち、兄を承念、弟を承吉と名づけたといっていた。兄の方を僧侶に育て、弟の方を教員か医者にでもしたいといっていた。加奈子は、友人のいった通り多産の血だったかもしれない。子も多いので、将来のことを考えて、寺の石段下にあった桑畑が貸地になっていたのを、返却してもらって、幼稚園をつくるつもりだといっていた。短大は保育科だった。加奈子は保母の免許があった。

「新しいエロスの神は、よく子をつくる」

友人にいったものだ。

「なかなか寺院経営の才覚もあるらしくてね、あの山寺でこんどは幼稚園だそうだ」

「自分のところへは椎茸栽培があたったと書いてきたよ」

と友人はいった。

「なんでも、義教さんの首塚の裏は三千坪ぐらいが栗山で、そいつを伐《き》って、苗を植えたら、カサブタみたいにキノコが出たらしい。一本の丸太に五十もとりつくと、丸太一本が千円札に見えてきたと書いてあった。ヤツは坊主商人もいいところさ」

それからまた、こんなこともいう。

「近ごろは、あの山村も、信仰のない若者がふえて、京や大阪へ出ると、戻ってこなくなった。年寄りばかりのいる過疎部落もいいところで、幼稚園をひらいたって、そうそう子供がいるものかどうか。加奈子さんは、自分の子の養育をかねて、他所の子をあずかるぐらいが精一杯だろう。それにしても、なかなか古女房のよさを発揮してる気配もあって、いちど、ぼくも訪ねてみたいと思っている。何だったら、一しょに行かないか」

ぼくは、この友人と丹波の山奥を訪ねるのはおもしろいな、と思った。

あれから九年経っていた。

四

汽車は綾部で降りて、バスで黒谷ゆきに乗るのだった。和紙づくりで有名なこの谷奥の村のことは寿岳文章氏の著書でよく知っていたが、その紙漉き村へゆく途中の、舗装道路から、二股道を右へ折れる。がたがた道を約三十分も行ったとっつきの村が、承道のいう「山の庵《いおり》」の所在であった。ぼくらは、おぼえのある大きな石地蔵と、消防用具が入れてある小舎のある地点にきて、わきに立った看板をみて、目を細めた。

「浄福寺幼稚園はここ」

朱の矢印があった。新しく切りひらいたらしい道が、赤土の上に砂利をもりあげた新道になっている。そっちが近道に変ったらしい。ぼくらは微笑して足を早めた。

と、まもなく例の百五十はある石段の下にきた。石段のわきは、丈のそろった大杉だった。暗いかげになった石には、以前にきた時はそうも印象にのこらなかった青苔がいちめんに生えている。ところどころ、石の間の土に草が生えているのは、雅致ある風景であった。また、驚いたことに、下の桑畑がむかしは二段になっていたあたりに、スレート屋根の細長い平家が建っていた。新建材の腰板と、サッシュ窓のアルミが陽に光っている。こんなところにふさわしからぬ、奇妙な建物に思えたのは当然で、これが幼稚園のはずだが、子供のいる気配もなかった。ぼくと友人は、一だん高くなった段へあがって、足でかためた畑あとの道を歩いて、その園舎の戸をひっぱったが、鍵がかかっていた。

「農繁期でもないからな」

と友人はいった。

「子供らは、村にいるんだよ。季節幼稚園だぜ」

「そんなことはおかしい。託児所ならとにかく、幼稚園は年じゅうやらないと変だ、休みなんとちがうか」

「日曜でもないのに、休みはおかしいわな」

と友人は庭へ廻って、窓ガラスに額をおしつけて内《なか》をのぞいていた。ぼくも真似てのぞいた。十いくつかの机と、木の椅子があった。壁に、子らの描いた絵だの、字だのがやたらに貼ってあった。うしろの一つの机の上には、手工品らしい、得体のしれぬ紙細工の山がみえた。だいこくがアルバイトに教える教室だろう。しばらく見すえていて、ぼくは、心のぬくもる感じがあった。ぬくもるとも、やすまるともいえる、かすかに湧いてくるものだ。

「電報を打っておいたから、きっとヤツは休校にして、ぼくらを待っているんだ。とにかくあがろう」

友人のあとから、ぼくは石段を登った。また、広い庭があった。しかし、もうとっつきには、庫裡と本堂が一と棟になった細長い瓦ぶきの建物がみえた。と、本堂前の階段のところに承道がいた。無地の着物の下に共布のもんぺをはいて、こっちをみると、手をあげた。

「おう、待っとった。よう来てくれた」

彼は大声でうしろへどなった。

「加奈子、お客さんがみえたぞ」

戸があいた。庫裡の土間から走り出てきただいこくは、背がひくかった。小さかった。九年前とは、まるで見ちがえたかと思われるほど世帯じみ、こっちへ小走りにきたが、その赤い毛、陽焼けした頰、太眉。ああ、こんな女だったか。いや、別人かもしれぬ。一瞬、ぼくは、複雑な気持でうろたえた。

「おいでなさいませ。ようこそ来てくださいました」

声もどこやらかすれていたが、やはりどうみても加奈子だった。

五

ぼくは、娘時代と結婚後でひどく変る女性をこれまで見てきた。その変りようとは、大まかにいえば、娘時分の固かった印象が、やわらかく、あるいは、柄もひとまわり大きくなった感じの変容が多かった。肌のキメの変り方や、挙措の落つきは当然であるが、やはり、男を知って子をなした、母らしい充足をみせる女が多かった。まれに、子のない家庭もあったが、結婚したことで、女はかりに痩せるたちでも、何かを夫から付加されたゆたかさに変容しているものだ。

結婚とは、つまり、女にとって、そんなフシメらしかった。ところが柵加奈子の場合は、そのどちらでもなかった。一足とびに婆さまになった、といった気がした。小柄とも思わなかったあのぴちぴちした胴のくびれが、ずんぐりちぢまり、まったく艶や若々しさを失う。かさかさの皮膚だ。そして、前歯のかけたのも気になった。加奈子は、口もとへ手をやって欠け歯をかくし、

「おふたりともお変りございませんね。ようこそおいで下さいました。どうぞ、どうぞ」

と愛嬌だけはふりまくのだが、その物腰にやつれが見える。ぼくは、心の隅に、この二どめの訪問に悔いをおぼえた。相手方をあわてさせている気配だ。こっちの思いすごしかもしれぬが、どことなく、夫婦には、昔の明朗さはないのだった。

「幼稚園も立派に出来たね。子はいなかったが、今日は特休ですか」

と友人がきくと、

「午前中で帰しました」

加奈子がいった。

「園児の数もへって、いまは五人しかいないんだよ」

と承道がわきからいった。加奈子の物言いには疲れがあった。ぼくは、変りはてた女のうしろを、これはまことに肥満体で、脂ぎったうしろ首をゆさぶって本堂へ歩く承道をみた。もんぺの紐をだらしなく結んで、着物の裾がうしろへかたまって、ふくれあがっている。それがなくても一とまわり大きくなり、いやに坊主くさい親爺づらに承道はみえた。男の変貌は、細君がひとまわり以上小さくなっているから、いっそう気になった。

その年にかぎって雨の少ない、梅雨期だったので、蚊が本堂のなかを飛んでいた。ぼくらが、寺にいた時の習慣で、客を接待する上間《じょうかん》の部屋は、内陣の上手にあったが、そこは戸をあけると孟宗藪が迫っていた。蚊はそっちからやってきて、承道が大障子をあけた縁先から飛んできた。そこへ加奈子が、これは干しよもぎの葉であろうか、小火鉢でいぶして、煙のたちのぼるのを抱えてきたが、はずみで、つるりとそれを落した。よくすべるものだったろう。加奈子は足もとへ、よこざまにころげた火鉢から、いぶっている干葉を拾った。

「馬鹿者ッ」

火種はなかったので、畳がこげるほどのことはなかったが、一瞬の加奈子の不始末は、彼女が気をぬいていたというより、ぼくらの出現で、かなり転倒しているありさまがうかがえた。そういうことも、電報を打っておいたにしては、どことなく、この夫婦がぼくらの来訪をよろこんでいない風にうけとれて、気づまりな空気をつたえた。それにしてもぼくを驚かせたのは、承道が、馬鹿者ッと怒鳴った声の質が、いやにとげとげしかったことだ。

ありていにいえば、九年の歳月は、夫婦を、ありきたりの中年夫婦にしあがらせていた。そんな思いがかけめぐると、ぼくは、小造りな顔のうしろ首を、妙に息ばらせて、蚊やりの干葉を拾うだいこくの、小さい姿が哀れに思えた。

「まったく、ぬけとるんだ。どこ見て歩いてンのや」

承道はぶつぶついって、自分で座蒲団を出してきてぼくらにあてがったが、それから承道が、一別以来の、椎茸づくりや幼稚園建立の苦労話をしてくれても、まともにつたわってこず、しょっちゅう、おどおどしながら、酒をはこんできたり、湯をはこんできたりする加奈子の、うらぶれた感じが気になるのだった。

加奈子は、昔のような、やわらかい微笑を失っていた。承道が手をたたかねば本堂の方へ出てこなかった。台所の方には三人の子がいるはずだった。承道は、こんなことをいった。

「広島の親爺が長患いしたんだよ。何やかや面倒もみんならんことがあって、うしろ山を売ったんだよ。それで、椎茸づくりはこの年から村の連中にまかせ、組合に出荷して、集金させとったところが、別の真宗寺のドラ息子で、監獄から出てきたのが、金庫に金があるのをみて、すっぽりドロンや。一年働いた分がワヤになった。このところ、村の若い者でもどっておるヤツには、ロクなのがおらん。幼稚園の寄附金あつめも、年寄りは孫をそばにおきたいから賛成やけど、若夫婦はよそへ出てゆきたい、村の施設に気乗りはせん。そこで、結局、また山を売って、ごらんのとおり、うしろはすっぽろぽんのはげ山になりました。浮世の苦労で、いろいろと自分も勉強しとります」

笑いながらそういう承道の顔つきは、利益に敏感な商人の眼が光っていたし、話しかたも、豪放な感じはのこっているものの、話題は事業ばかりなのも気になることだった。

ぼくらは一泊して、翌朝、浄福寺をひきあげたが、その夜、やはり入浴したところ、九年前と同じ電燈のない浴室は、しとみ戸で丸竹の張られてあった洗い場といい、たてつけのわるい戸といい、窓ガラスの割れたのへ紙が貼ってあったのも、昔とかわっていなかった。加奈子は、帰りしなに、二人の子をぼくらに紹介した。一ばん上は学校へ行っていた。中の子は男で来年入学だといっていた。娘の方はまだ四歳だった。加奈子はその子らの手をひいて石段まで送りにきた。

「あと子どもさんは出来ないんですか」

と友人が、冗談まじりに問うた。加奈子は、まともにその話をうけとったか、困惑の表情を一瞬、承道の方へむけ、

「養う力がありませんでのう」

といった。尻ごみするように、気弱い笑いだった。承道はだまっていた。ぼくらは、その日も子供のいない幼稚園舎を左手に見ながら、一本道を降りた。ふりかえると承道の姿はなく、加奈子だけが手をふっていた。以下は、綾部駅へゆくまでの、バスの車上でのぼくらの会話で

ある。

「新しいエロスだといっていた細君も、九年たつとただのエロスに下ってしまったな。かなり憔悴していたようだが。どうしてあんなに、承道が剣幕あらくこきつかうのか、気になったね」

これは友人。ぼくもうなずき、

「器量もずいぶんわるくなってたね。男に責任があるさ」

「元来、承道は好色漢だった。中学時分にも五番町通いはしていたし、あいつ、坐禅にきた加奈ちゃんをうまくたらして、寺へ抱えこんでしまうと、あんなにまで痩せさせたんだ。ひどい奴だよ」

「といっても、新しいエロスに夢中だったのなら、それはそれで結末としてはいいはずだ。一生仏門にいたいと、彼女の方から寺の生活に夢を託したんだから」

「ふかよみかもわからんが、あの痩せかたはふつうじゃないぜ。胸でもわずらっているような顔いろだが、あるいは、かきだしが重なっているのかもしれんぜ」

「かきだしって何か」

「搔把《そうは》だよ。二十代の元気なうちに子をうませて、あとは、性器というわけだ。妊《はら》めばおろしてる感じはあったな」

ぼくは友人のこの推理にうなずいていた。

友人は笑った。汽車が綾部駅を出て、黒谷へ向う谷がみえた。山と山がせばまって、乳いろにいく重もかさなってゆく尾根の連続を望みながら、やはり、加奈子の変りようの尋常でなかったことが気になるのだった。

「禅宗寺院が、在俗の人とおなじ商売人になるのが流行なんだ。ところが、世の中が不景気になれば、同じように坊主たちも不景気をかこっている。あれでは下化衆生《げけしゅじょう》とはいえぬし、いまはそういう宗教家が多いのかね」

友人は、新幹線にのりかえてから、そんなことをきいた。ぼくにはこたえようはない。

「自分は寺の人間ではなかった。あなたは寺にいたんで、多少はご存じだろう。教団が、いつから、こういう物売りや幼稚園経営でめしを喰えと末寺にすすめだしたのか、不思議なことだね……それしか田舎寺の住職には喰える道はないのか」

友人は吐息をついて、そんなことをいうのだった。

「いまにはじまったことではないかもしれんね。中世から、禅寺は茶坊主だったし、一休さんも扇子売りだった。京の山内塔頭では、いまは民宿や下宿屋が多いときくし、だいこくはみな、女中がわりに働いているんだ。けれども、昔は女は寺にいなかった、山寺は山寺でもそれなりに風格はあったが、承道のようなやり方は妙に陰気で生ぐさくて、やり切れない気がしたな」

友人はそんな感懐でしめくくった。ぼくはただだまっていた。

六

それから五年たった。昭和四十四年の末に、浄福寺からの訃信《ふしん》で、承道の妻加奈子の死を知った。肺癌とあった。三年前に一ど綾部の病院に入ったとは、友人からきいていたが、肺癌はその文面で知った。葬式はもちろん、承道の手で浄福寺で行われた。遺児は、長男十四歳、次男十一歳、長女九歳であった。友人から香奠《こうでん》を送るに歩調をあわせようとの話があった。その時の電話だったが、友人はこんなことをいった。

「広島のご両親が死んで、あのひとは孤児みたいだったらしい。ご両親は被爆者ではなかったが、どっちも癌で早逝といえるし、三十七歳でまた、その娘さんが死んでしまうなんて、薄幸な血を感じさせる。しかし、承道の手紙だと、子どもらはまあ元気そうだから、いいようなものだが、それにしても、ヤツは、また後妻をもらうのかね」

貰わねば、十四歳をかしらに三人の子を、あの男がどうして育ててゆけるだろうか、といった意味のことをいってみた。すると友人は、

「また新しいエロスが登場するかもしれんぞ。神がかりを望む女の中には、承道の子らを仏の子と思う人もいるだろうしね」

といった。この思いついたことばに満足したけはいで、

「蓮如《れんにょ》さんのことはくわしくは知らないが、何とかいう若い後妻が、五人か六人の子らを背負っ

て、越前吉崎まで落ちのびた話があったね。ああいう、献身的な女性が登場するかもしれん。承道のあのどこやらくさい物言いと、冷酷なところが、禅的な魅力に思える女もいるから」

友人はいって電話を切った。如勝はなるほど、蓮如が先妻の子を育てあぐねているのを見かねて、女中のようにして守り人となり、果てに、蓮如と肉体交渉をもち、妻となって、子らを養育、吉崎の寒地で、弾圧に苦しむ夫と苦を共にする話は有名である。吉崎を追われてぼくの故郷の小浜に舟でたどりつく時は、たぶん如勝は不治の病で、河内の小庵に入って死亡するはずだ。

ぼくは、広島にうまれた薄幸な女学生が、病弱の両親とはなれ、丹波の山寺で子を三人なし、宗教生活と、性生活とが合致する夢を抱いてすごした日々を思ったが、しかし、これは、彼女自身からきいたわけのものでもなかった。夫である承道が友人に語ったことを、また聞きしたにすぎない。かりにこのことが本当だったとしたら、やはり、加奈子の短かい生は美しいもののような気がした。生きながらえている承道の生よりも、閉じられただけに美しくみえた。だが、承道は、これから、また新しい地獄を生きるだろう。山を売りとばしたあとでは、椎茸もそう高収はのぞめまい。保母免許をもった妻が死ねば幼稚園も閉鎖だろう。どこかから、保母をやとうとしても、あんな山里の貧乏寺へくる若い保母は先ずいまい。

他人の家のことに、いらぬ詮索をかさねる興味はうすい方だったぼくも、山寺の友人のその後のことは、しょっちゅう気になった。おかしなもので、あの石段を思いだすと、死んだはずの加奈子が、まだ新妻だったころの姿で、手を振ってあらわれる。

ことしの三月末のことだ。ぼくは、大江山の北の峰山へ行く用事があった。仕事の材料を得るためだったが、一日でそれがはかどったので、車で京都へ向う帰路、運転手にたのんで、綾部まわりの道をえらんだ。午後三時すぎに黒谷街道へ出て、浄福寺のあるM部落の消防小舎と地蔵のあるところで車を停め、運転手君に三十分ぐらいのひまをもらって浄福寺へ向った。赤土の道はあいかわらず砂利がしかれていて白かった。ぼくは石段下にきて、右手の幼稚園舎の戸がしまっているのを見た。走りよって、サッシュの窓から内をのぞくと、五、六脚の椅子と、子供らの机がならんでいた。壁には絵がいっぱい貼ってあった。細々とではあろうが開園している様子がそれでわかった。子供らはいなかった。

ぼくは石段を上っていった。表庭をよこぎって、本堂と庫裡の方へ近づいた。と、この時、左手の庭の隅の百日紅《さるすべり》の下に、箒《ほうき》を持って佇んでいる三十五、六の鼻の高い色白の女がいた。庫裡の方へゆこうとすると、

「どなたはんでございますか」

と女がきいた。化粧の濃い、肌の荒れた顔立ちで、山寺にいる女にしては、形容はわるいが、水商売出身のようなかすれ声だった。眼の流しぐあいといい、一瞬、立ち止ったまま、眼をとられた。ぼくは、承道の友人で、東京の者だが、近くへ来たついでに立ち寄ったのだと、かん

たんに来意をのべた。

「和尚《おっ》さんは、あいにく留守どす」

と女は京なまりでいった。

「黒谷に葬式がおしてな、役僧でゆかはりました。帰りは夜になるやろと思います」

気の毒そうな顔だった。しかし、上って休めとはいわなかった。それはそれでいい。

「奥さんですか」

とぼくはきいた。

「はい」

気持のいいうなずき方で、

「去年の秋から、お世話さまになっとります」

といって、黒い歯をだして、わらった。ぼくは、子供が三人いたはずだが、元気でしょうか、ときいた。

「長男の承念さんは、燈全寺へ修行に出てはりますし、次男の承吉さんは京都の学校へ入らはりました。娘さんは綾部の寄宿舎にいて、いま高校へ通ってはります」

暗いかんじはなくて、晴れやかな女の笑顔は、濃い口紅と、首の化粧焼けした、ある種の汚れを感じさせる印象とは裏腹に、この山寺の後妻の座に、充足してくらしていることをわからせた。ぼくはこの女に、いろいろなことを聞いてみたかった。が、やがて承道が帰ってくる顔がうかぶと、何もきけなかった。ぼくは、突然の来訪を詫びて、石段を降りた。女は、いくらか無愛想にすぎたことの気づまりを顔にうかべて、石段まできて、頭を丁寧に下げていた。痩せ型だが、胴がしまって尻の大きなその体軀《たいく》は、承道好みであった。美人というほどでもないが、といって醜女《しこめ》でもなかった。ふつうの顔だちが、鼻梁《びりょう》が変に高いので気になった。鷲鼻というのかもしれない。

女は箒を抱くようにして、いつまでもこっちを見ていた。承道がえらんだ第二のだいこくだった。幼稚園の保母はつとまらぬ風姿に思えたが、しかし、子らのすべてが、外へ出てしまったのなら、気楽な第二の新しいエロスの登場かもしれぬ。もっとも、このことは、東京へ帰って友人の感想をきいてからだと、ぼくは思った。

山寺は、うしろのはげ山がずり落ちるようになった中腹で、昔はそんなにもあらわでなかった建物のぜんたいを、裸に見せていた。

冬枯れの山だった。どの木にも葉がなかった。

〔初出：「週刊小説」1976（昭和51）年5月3日号〕

踏切

一

踏切は複線だったからレールは四本あった。車がしょっちゅう通った。敷石のつなぎがあまくなっているので、はざまの石がはねて、急ぐ足にあたったりした。G駅の乗降客はみな柵ぞいにここへきて、左右の住宅街へ踏切をわたる。どっちから電車がきても警報が鳴って、黒と黄のだんだら縞の遮断機の棒が首を振って降りてきた。棒は道はばの半分しかない長さなので、降りきっても頭を宙に浮かせて、かなりの時間ゆれている。

「なんやしらん考えながら降りて来《き》やはるみたいやわ」

充子《みつこ》がいったことがある。遮断機が考え考え降りてくるという言い方は充子のものだった。播把したのは六月の梅雨あけた頃だ。店をやすんでいたから、人の通らぬ時でも遮断機がせわしく働いているのを見ているといっていたが。

昔は閑静な住宅地で、陸軍大将の家もあったという。そんな大きな家も、屋敷の一部をアパートにしたり、駐車場にしはじめた頃で、線路へ蔭をつくった樹の枝の端が、通る電車の屋根を撫でていた。簡易住宅や、二間つづきが限度の安アパートが、柵に沿った線路すれすれまで建っていた。充子の住むそこも、五棟とも同じような造りで、鉄板製の外階段がついていた。

G駅は急行が停らない。徐行しない電車は充子の台所の棚をよくゆさぶっていた。

あの頃、早く越したいというのが充子の口ぐせだった。一つは私鉄線へ地下鉄が乗り入れる日が三年ぐらいあとにきて、それまでに線路はばを広くしたいのが私鉄会社の思わくらしかった。買収もはじまっているとかで、地主は売りたいが店子《たなこ》はうごきたくない、それが沿線どこでもの勝手な人情である。借家人の団体が出来た。代表が何とか交渉した末、いくらか立退料のとれるところまで漕ぎつけたという噂もあった。月に三万二千円の家賃は、都心へ三十分の距離では安いほうだった。

充子は近所のスーパーへアルバイトにゆく母の種子と一しょにいた。奥の六畳に大型ベッドを入れ、母娘はならんで寝ていた。バアづとめの充子は帰りが遅いので、たいがいの日は、眠っている種子のわきへ、ベッドをゆさぶらぬように入って寝た。鏡台、テレビ、タンス。ごたごたしたものがまだちらかってすきまもないので、客はいつもベッドに坐らされた。玄関の板の間は台所、便所、浴室へゆける通路と、食堂をかねていた。このふた間の西側窓のどっちからも、上一枚だけ透明になった窓ガラスから踏切がみえた。

私は車で行っても、坂の手前にやすめておいて踏切をわたった。わたりながら充子の窓をみたものだ。母親のいない日は奥だけ灯がついていた。昼だと干し物が出ていた。昼の時間を約束したときは、幅広のシーツが干されてあった。目ふさぎだと充子はいっていたが、このシーツを踏切から見るときは変な気持になった。変な気持といえばおかしいが、ちょっといやだなとも、淋しいなともいえる気持に似ていた。

あの頃の私はめったに心が浮きたつということはなかった。といえばこれも多少は嘘になるが、浮き浮きして遮断機をくぐって通った日はままあるにはあっても、三年ぐらいつづいた繰りかえしのような日々は、最初のころはともかく、半月もすれば、もう考え考え降りてくる遮断機のように、ゆれる張りがあるようでじつはなかった。繰りかえすことのどうしようもない遣瀬《やるせ》なさみたいなものだった。だが充子は、そんな意味で、だんだら棒のことをいったわけでもなかった。ただ、棒が、そんなふうに降りてきていつまでもゆれているのが、「首をふる」と思えておかしかったのだろうと思う。

充子は二十七だった。会社仲間にも、こっちがしゃべったこともあって、知っている者も多く、年の差も話題になったろう。妻との二、三どのいざこざも、疑われる品をわざわざ見せてしまったこっちの落ち度も原因した。家へ帰ってもろくに話もしないですぐ寝た。気分のしずむ材料は、ほかにいくらもあった。会社も支店開設直後だったし、オリンピック目当ての製品も延びなやんで予想がはずれていた。

逢わねばそれで気がやすらぐかといえばそうでもない。六十近くなって、年甲斐もないといってしまえば話はつきるようなものだが、あの当時の私の職場では、月三万二千円の家賃の負担は精一杯だった。しかしそれで充子を縛りつけたつもりはなかった。年相応の相手も客の中にはいるはずだったし、向うから相手ができたと切りだされれば、かなしむだけかなしんで別ればよい。そんなふうに考えていた。

充子は私に気立てよくつきあった。種子にスーパーでのアルバイトを見つけたのも、大っぴらで部屋で待つ計画のためだった。それまではモーテルや、安宿を利用していた。種子ぬきの部屋なのでいえないこともいえた。母娘ふたりの暮しを一人で稼ぐのは大変だろう、いっそ京都へ帰って結婚した方がいいのではないかといってみても、

「そんな人いやはらへん。京の人は薄情やし、それに、そんな気持おへん」

糠《ぬか》に釘で、お母ちゃんのいない部屋はやっぱりええわ、といって真っ裸になって体操してみせた。

私は、種子の地味な性格も、充子への遠慮がちな振舞も気にいっていた。こんな女が別れてきた夫、つまり充子には父親であるはずの男とはどういう人か見たいとも思った。東京人とちがう母と娘の立居振舞や会話には、双生児のようなつながりが感じられた。夏の日など、どっちも下着一枚の半裸姿で扇風機の前で唄をうたっていた。こっちが入っていっても唄はやめなかった。

京都人らしく、けちといってよいほど暮しはつましかった。モーテルへ行っても充子にそれがあった。たとえば備えつけの冷蔵庫のふたをあけると勿体ないといったし、ベッドにこれも備えつけられた避妊の器具や、レシーバーで聴く音楽などにも関心はうすく、百円硬貨が無駄だといって、使ったことがない。

私の収入の少ないことはわかっていたから、多分に気の使いもあったかと思う。だが、そんな私も、同じ京都出身だというところで、わけあった気質のようなものももっていたと思う。どっちも京都は苦労な記憶しかなかった。誰しも暦の底に根雪のように固くなった部分があるものだ。それを固いままに抱いて上京している仲間であった。仲間は仲間の気持はわかるのだといったものがお互いの素振や物言いにあって、それをだしては笑っていた。

器量は十人並み以下だったかもしれない。だが、私は耳たぶの厚いところと、うしろの生え際が気にいっていた。一本一本かぞえればかぞえられそうな毛足が、短かめに刈りこんだ形のいい髪型へ吸われて、時には変えてみたい髪型もあったにかかわらず、私がすすめた髪を別れるまで変えなかった。

充子は京都にいた時、会社のつづれ部にいた。卓子掛《テーブルかけ》や壁掛の一品物を織る部署で、仲間もみな競争で手をつくして織りあげる。爪がオサがわりなのでノコギリみたいに研いでいた。検品課にいた私は彼女をひいきにし、材料を廻すにも、絵型を廻すにも、充子のための効率を考えた。もちろん気づかれぬようにやった。まもなく、父親のふしだらから種子が家出した。東京に逃げたのを充子も追って一週間ほど休んだが、すぐ社を辞めた。私が東京支店へくるまでに三年たった。はじめは友人を通じて百貨店に入ったらしかったが、一年ほどして水商売に入り、新宿の店へくるまでに、神田で二軒の店を変えたといっている。

東京へきた私はすぐ充子の店をさがしあてた。花園神社よこの奥ゆきの深い暗い店だった。二、三の男友達も出来ていた様子だが、私の接近で、東京人に見切りをつけたといって、私と関係をもった。筋書きはありふれている。店の帰りにめしを喰ってから安宿へいったのだ。

「お風呂へいってもね、あいた籠があると、京都の人やったら、あのう、あれ空いてますのんどすやろか、すんまへん、それ空いてたら貸しとくれやすか、ぐらいいわはって、相手がどうぞというてくれはってから手ェのばさはるのんに、東京の女のひとはちがうのね、ずいぶんつっけんどんに、黙って、ひとが使うてるのでも足でかきよせはった。きた当座はお風呂へゆくのんこわかったわ」

それから、

「男の人もよね、きみ、きみていわはるわね、あれ、どこやら叱られてるみたいで、いややのん」

と充子はいった。

二

あの日は、日本橋で京都名品店の最終日だった。日曜日でも家を出て会場へゆき、部下にあと片付けをたのんでおいて、予定より一時間おくれて着いた。途中で大阪寿司を買い、いつもの坂の空地に車を置き、踏切をわたった。まだ陽がのこっていた。十月に入った頃なのに、線路の傍《そば》の草が青々していた。

踏切をわたる時、気をつけてみたわけでもないが、水で洗ったようなあとがあった。敷石のはざまの溝に流れがあり、水溜りもみえたが、べつに気にもせず、柵のある道をアパートの下まで来て、そういえば、電車の音のしないのが気になった。鉄階段をあがったが、いつも思うことは、東京へきている気安さだったろう。かりに電車が通っても気にならず、他人の街という気がした。学友も、会社の連中も会うことはない。電車は無数の他人の群れだ。見られるのも平気で階段をあがった。充子は上りきったところのドアをあけて立っていた。

「えらいこっちゃ。身投げよ」

額に汗がにじみ出て、青ざめているので、どこでだ、と問うと、

「そこの踏切。ついさっきまで電車がとまって大騒ぎやったのよ。四つぐらいの子をつれてたおばはんが、急に柵のところから遮断機くぐって走り出て、子も一しょに飛びこまはったんよ。人の轢《ひ》かれたのを見るなんていやね。子は助かって、お母ちゃんだけ轢かれはったけど、うち何やしらん気が変になってしもた」

充子は眼をつりあげて、下唇をつき出してみせる。よくいやなものを見た時にするくせだった。

「電車は人を轢いてからもまだ走ってたさかい、お母ちゃんひきずってね、かわいそうにお母

ちゃんの胴は千切れて、車輪にそれがまぶれついて……停った時は、電車の方がちょっとその分だけ浮いてるみたい。うちあんなのはじめてみた」

私が来たら、この話を早くしようとのはしゃぎかたになっていた。

「子供はどうしたのか」

「お母ちゃん死んだ、お母ちゃん死んだいうて、電車のまわりぐるぐる廻ってンのよ。その泣き声がね、ふつうの声とちがう。ぶつぶつっという声で、泣く声も変に小さいのよ。階下《した》のおばはんがこんなとこに電車が停ってるいうて飛び出たら、まんだ、電車の中の人らも知ってはらへんし、最初の目撃者にならはって警察へつれてゆかれはった……車掌さんもね、のんきな人、何かはさまったな、何やろ思うて、降りてきて見たら、人が轢かれてはる、びっくりして、電話借りにうちへきたの。ここから警察やら、会社やら、駅やらへかけはって……大騒ぎのはじまる前から、うちが事務所みたいになってしもた」

そういえば、電話機は、いつもの六畳から食堂へ出ていた。三尺の入口にも履物を片付けたあとがあった。

「子供はいつまでも泣いてた。救急車がきて、お巡りさんが走ってくると、すぐ子供を抱かはった。その子も頭と耳から血ィが出てたの。よくみたら、この子、電車にはね飛ばされた時に敷石で打ってたのね。脳内出血らしいの。意識があるようでないようで……でも、人間て子供でも悲しいときは、死にかけてても泣くものね」

充子は、子供の命は危いかもしれぬ、と検屍《けんし》にきた男が電話でいっていた、といった。

「事が起きてる時の姿は、あとで考えると、のんきにみえるものよ。うち、はじめて、こんな騒ぎ、最後まで見たけど、お巡りさんも、見物人も、車掌さんも、お客も、みんなまちまちやし、勝手なことしてるうちに、事がすんでしまうようなところがあった。おかしいでしょ、そんなこと。電車がとまってもよね、お客さんは満員やし、誰も轢いた人の上に立ってるなんて解らないから、変な顔してうごくまで待ってはった。車掌さんも、死んだ人みてしもたら、もうあとは受持じゃないいう顔して、あとからあとから停る電車へ報告に走らはる。しごくのんびりしてンの。死んだ人かつぎ出すまで一時間ぐらいかかったけど、子供を救急車でつれてったお巡りさんは、それっきりこっちへは戻ってきやはらへなんだ」

充子はあけ放してあったドアを閉めに行った。私が六畳へ入ると、テレビの前へ座蒲団を出して台所に立った。水音がした。向うをむいたままで、

「うち、仰山、電話つかわれた。誰に請求したらええやろか。けどね、お母ちゃん、ええ時にアルバイトに出てはって、いやなもん見んですんだわ。あの人、恐ろしがりやさかい、あんな轢死体《れきしたい》みたら、一年ぐらい脅えてはる」

いろいろなことをいっぱい喋った。私は、手をひかれてきて、気づいた時は一しょに飛びこまされていた子の気持になって青ざめた。ぬれていた踏切の生温かかった埃っぽい陽なたの匂いと、草の寝た石のはざまに水溜りがあった。子が吹っとばされて、頭を打ったのはどこらあ

たりか知らぬ。耳から血が出ていたとしたら、ひどい内出血だろう。そんな頭を辛うじてささえながら、死んだ母親のかたわらへ近づいて、電車をたたいていた。充子のいう不思議なけしきとは、そこへつい先程まで一しょに歩いてきた母子が、一方は死に、一方が泣いている変りようと、集まってきたそれぞれの持ち場の見物人たちの、のんきで、悠長にみえた一種の無関心さだ。

他人事ではない。はずみのようなものが人を襲って、一方にだけ狂気があれば、たとえ母子でも一瞬に立場を変える恐ろしさ。人の弱さといったようなものが私をつつんだ。

その日は充子を抱かなかった。階下はもちろん静まっていた。だが、かえって人声がないのは、地の底からざわめくような音がしたからだった。喋りに喋った充子の、はしゃいだ気分が鎮まってからの沈黙は、頭の奥に氷りついたようなものを残していた。生死のわからぬ子の行末がいつまでも気になった。

手すさびにはじめたといって、充子が、描きかけの油絵の自画像を掛けていたのを、ベッドへあがって手をのばしてはずした。はずしたあとの、錆びた蝶型のとめ金が、黒い生き物にみえた。

寿司だけ置いて、抱かずに帰るというと、不満そうな眼で、充子は額を掛け直していた。その時、ノースリーブの腋《わき》の毛がみえて、意識的に誘うふうに思えた。

「母さんもじき帰るしね」

と充子はいった。めずらしくうなずいて階段まで送ってきた。いつものように、踏切からふりかえると、鉄の手すりに腕をのばして、ぺこっと一つお辞儀しているのが、子供のようにそ

の日だけは思えた。

三

充子を思い出すと、いつもこの踏切がうかぶ。踏切じたいの風景もだが、敷石の浮いたのがタイヤにあたってことこと鳴っていたり、警報器と、例のだんだら縞の棒が、やはりこれもおとなしい音をたてて降り切ってから首をふる（これは彼女の形容だが）それぞれの音がともなう。せわしいようで、どこか悠長で、物淋しい感じなのである。

充子が母と京都へ帰ったのは、あの飛込み騒ぎがあって一年ちょっと経ってからだった。春さきのまだ寒い日に、新宿の店へゆくと、やめたと教えられた。アパートへ電話した。種子が出てきて、娘は京都へ行ったといった。よくそんなことはあった。いつ帰ってくるかと心待ちしていたら、そのうち種子が会社へ来て、東京をひきあげるとつたえた。

母親には娘とちがった明るさがあった。地味な性質ではあるが、冗談をよくとばすし、手足のまめにうごく飄々としたところが痩せたふくらはぎのえぐれにあって、顔も、多少出眼で一重瞼の大きな眼だった。顎の細まった薄幸そうな造りとは裏腹な感じの印象だと思えた。

「家出して六年もあそびました。けんど、阿呆な人に負けてしまいましたわ」

と種子は応接間の椅子にすわるなりいった。風呂敷包みから、和菓子らしい桐箱の一つをだして、

「あの娘《こ》も、いろいろお世話になりました。やっぱり、京の方がええいうことに落ち着きました。京の人は薄情やいうても、まんだ友達もおますし……」

父親とのごたごたの解決についてくわしいことはいわなかった。家に入れていた女が、近所の連中といろいろ悶着をおこした、そのことは充子からもきいていた。父親も死ぬほど好きだったその女に厭気がさしてきて、待っていた破局がきたということらしい。阿呆な人に負けたというのも、いい気な男らしい父親が改悛《かいしゅん》の意を示して、母娘に帰れと手紙してきて、思案の末に帰ることにしたというのであった。

「あの娘は、逢《お》うてしまうと、またそれだけ迷いますよって、うちにだけゆけいいました。いずれ落ち着きましたら、挨拶に来さします。これまでのことは、ご恩になりっぱなしどすけど、黙ってゆるしてやって下さい。あの娘も心苦しいいうてました。かんにんしてやって下さい」

飄々とした中に、私の始末の方が思案も大きかったといわぬげの、母親の世智が感じられた。会社の前に充子を待たせているかもしれない眼つきでもあった。私は黙っていた。

よく母親がいるところへ酔って訪れたことがあった。充子がまだスーパーのアルバイトを見つけてこない頃のことだ。昼間だと風呂場へ入って戸を閉め、洗濯をはじめた。境の襖をしめ

れば電車の音も適度にあって、二人の声はまぎれた。

バアがはねて、モーテル代を倹約してアパートへ送る夜があった。母親は、はれぼったい眼をこすってベッドから起き出、時計を見て、私たちが直行で帰ったことがわかると、卑屈に笑いとも何ともいえぬ歯をだして、

「運転手さんのうどん屋はんへ行って、お玉買うてくる」

鍋をもって出かけた。深夜でも、坂の向うの街道へ出ると、トラック運転手の溜り場になる店があった。私も充子と二、三どそこでラーメンをたべていた。雪の降った夜でも、傘さして母親は出た。子が月々に何がしかの生活費を貰っている、そのことへのひけ目はかくしており、冗談は必ず一ついって出た。

「木屋町のな、タコ焼き買いに、ようお母ちゃん夜なかに出されたわ。お父ちゃんそのスキにあの女《ひと》よんではったんや……」

充子は母親が階段を降りる音にあわせるように服をぬぐことがあった。母親のひょうきんさにあわせた仕草で、充子の方にはそれだけのひょうきんさが身につかないところがあった。

「なんやしらん、お母ちゃんにわるいみたい。あの人、まんだあれあるのんよ」

といって、手をさしのべてきた。母親にまだ生理があるといいながらの求めだった。

私らの業界のことばに、セリシンが強い弱いというのがある。つづれは糸の腰がよわくては、柔軟さは出てこない。糸のねばりと芯のつよさといったふうにもとってよいが、膠着度《こうちゃくど》とで

もいっていいだろうか。その糸だけ一つつよくても、はたと交わらなくてはつよさも孤立してしまう。母娘に共通して、世間体、あるいは一般母娘のもっている倫理的羞恥感といったようなものの欠けた、あるつよさがあった気がする。そういうめんどうなものは捨ててくらせた、六年近い母娘の家出生活を支えたのは、父親への憎しみだけだったのだろうか。

京へ帰ってもこれは持続できたものとも思われない。東京へ落していったものだろう。

母娘は京へ帰って、鳥羽の家にもどり、父親の生業である青写真を手つだっていると噂にきいた。充子は中京の方へつとめに出ているそうだった。調べればよくわかる手づるもあったが、さし控えた。

また三年経った。伏見墨染のアパートで結婚して子をうんだという話があった。相手は父親の世話した青年で、義歯工場へ通っている事務員だという。伏見の墨染は友人もいたのでよくその辺を知っていたが、このあたりも京阪電車が近いので、踏切が多いところである。充子は子を抱いてアパートの物干から電車の音をきいているか、と思うとその姿が鮮明になった。

去年の秋、充子のいた住宅街にあった某宮様の邸宅が美術館に改築された。落成記念に京の染織美術展があった。会社が宝物にしている、恩輝軒製作の、本邦最初とつたえられるK画伯の狩野《かのう》派風の絵の緞帳《どんちょう》が展示されることになった。その飾り付と説明役に、東京支店長の私は七日詰めた一日目、会場へゆく途中、運転手に廻ってもらい、踏切のあった町をさがした。

三年経ったただけでずいぶん変っていた。あのあたり、坂の上にも、坂の下にも、線路沿いにも、十階以上のマンションが建った。材木屋のあった所、つまり私がよく駐車した空地は、あたりにふさわしくない西洋料理の店になっていた。マンションが多いのでそんな店もはやるのだろう。トラック運転手の溜りだったうどん屋も、高速のわきの騒々しい地点にかくれ、赤提灯も埃をあびていた。高速自動車道が、五棟もあったアパートの近くを跨《また》いで、私鉄線は橋ゲタにはさまって、天井のある廊下を走るようにみえた。線路はコンクリートの上になり、踏切のあった地点のしもた家や塀のあった家は跡かたがなく、倍ほど広くなった線路は、やはり自動だが、昔に比べて規模の数倍大きな二段の棒のあいだに、だんだらの縞の紐がたれ、板片が鳴子のように肌をあわせるのがついていていた。

自殺した母親と、そのあとすぐ病院で死亡した子の記事は、あの頃、会社で読んだ記憶があった。代々木八幡の住人で、父親のふしだらからノイローゼになった母親が、どうして、あれだけはなれてもいる、べつの私鉄の踏切まできて飛びこんだか。充子ともいろいろ話題にして、結局そこまで歩いてきて、発作的に子も道連れに飛びこんでしまったのだろうというほか考えようがなかった。そう結論したものの、男がわるいんよ、と充子がいったあとで、

「子はなーんも知らんかったのにね。きっとそうやったんよね」

といって急に泣くような子供顔になったのが、いまだに鮮明にのこっている。一児を抱く身になった墨染の母親も、さて、もう足かけ五年はたつあの頃の、東京で目撃した事件を思いお

こすことがあるかどうか。

私もすっかりぼけてきて、踏切といえば、一つことばかりしつこく思い出しては滴のたれるほど涙ぐむ年齢になった。支店の俳句会に出席するために京都へ帰る部下が許可をもらいにきた際、少時待たせて即興の三句をもたせてやった。翌日、電話がかかって、三句とも次の社内報「つづれ」に載るといってきた。どうせお笑い草にしかなるまいが。

踏切をはしる母子の冬日かな

遮断機のだんだら縞がゆれている

悔ふかく踏切に沁《し》む冬陽かな

あとの二句は好きなのだが、中のは季語も何もあったものではない。ひょっとして、「つづれ」を昔の友人から手にしてくれた充子が目にとめたらという気もしていた。虫のいい話だった。人のいうことによれば、過ぎ去った昔は悔恨の暦の集積だそうだ。とりわけて充子と私のつきあいには、年の差もあっただけに、狡《ずる》い私の立ち廻りはもとより、羞恥きわまりない好色さで相手を弄《もてあそ》んでもいた。そんな日々にも、裏返せば光るようなものをいくつも見たように思う。詫び手紙のつもりで私はこの三句を作った。

〔初出：「海」1976（昭和51）年2月号〕

雪みち

一

襟のほつれたセーターに縞柄のエプロンを着た母親は、雪囲いの厩舎《きゅうしゃ》から馬を出すのに背をまげる年かさになっていた。

水勒《すいろく》の手綱を地につくほどたるませ、庭の隅へ牽《ひ》いてくると、腹を二、三どたたいてから繋ぎ棒にゆわえ、吐息をついて空を仰ぐことがあった。

落葉松《からまつ》の裸林は、厩舎とならんだこの一軒家のうしろへ迫っていて、短かい陽ざしは梢《こずえ》をぬけて雨のようにさしこんでいた。三時になればこの陽は落ちる。馬を出すのはたいがい昼前である。

馬はよくはしゃいで胴ぶるいしていた。首をふって鼻をならすこともあった。母親が余裕をとっておいた手綱の範囲を、大廻りに歩いて、時には、前足で雪を掻きちらしてあばれた。コッペパンぐらいの糞をすることもあった。

父親が死んで葬式があったのは正月七日のことだった。去年の冬は、その父親がひとりで馬を出していた。五頭とも外へつないで、馬房の寝藁をしきかえたり、飼糧桶《かいばおけ》を洗ったりしていた。ぼくが最後に見かけた時は、老いた栗毛の足を洗っていた。片膝をつき出し、馬足を膝に乗せ、頭は馬の腹下へ入れ、蹄《ひづめ》を抱くようにして、竹へらで裏をつついていた。

秋末に上田の病院へ入ったときいたが、正月三日に死んだ。葬式は七日であった。肺癌だと町の人はいっていた。母親が代って馬を出すようになったのは葬式の前後からである。

その頃から娘の姿を見るようになった。東京の短大にいたのを、母親がよびもどしたのだときいた。二月に入ってから、小柄な軀つきだが彫りのふかい顔だちの娘は、甲斐甲斐しく家を手つだいはじめた。やはり、古セーターの上にエプロン風の作業衣を着て、細紐で腰をゆわえていた。母親のあとからつぎの馬を牽いてくると、母のつないだ棒からはなれたもう一本の繋ぎ棒へ、母がしたように繋ぎ綱をくくった。子供じぶんから見ていたか、手際がよかった。すぐ、馬房へ入っていった。

あとの馬もよくはしゃいでいた。先のと同じように大廻りに走るかと思えば、急にしゃがんで、地面へ腹をこすりつけ、よこにもなった。のびをするように四肢を張り、顔を何ども雪にこすりつける。馬は新雪が好きらしかった。

母娘は、父親がしていたように、めったに五頭の馬を外へ出すことはなかった。一頭か二頭、多い時で三頭だった。陽が短かい上に、男手もないためだった。一日に母娘が三つの馬房を掃除するのは精一杯だったろう。よく、馬房から、湯気のたつ寝藁をもてるだけ多くかかえて、堆肥小舎へ走るのを見た。顔までよごれる仕事だった。ふたりともひっつめ髪を乱して働いていた。

一軒家は、地面を一段ひくく掘って建てた馬房のせいもあって、どこの家よりも低くみえた。屋根雪がたまると、ダンプが片よせていった道の雪とはさまって、家は雪に埋まったようだった。どこにも人影がなく、落葉松台地のここにだけ、母娘と馬の出ているけしきを見るのが、ぼくは好きだった。

一頭だけ黒い木曾馬がいた。あと四頭は青栗毛と白い馬で、町の人はアラブノルマンの中間種だろうといっていた。木曾馬は鬣《たてがみ》もザンギリで、耳も小さかったから、四、五歳だったろう。だが、これも中間種に似て、腹がふくらんで、足もひどく短かいのだ。

ぼくは若狭の故郷で、まだ馬耕が全盛だったころ少年時をすごしたので、似たような背のひくい馬はよく見ていた。北海道や東北で育てられる荷馬車用の、つまり駄馬だった。胴もくびれ、足も長くてスマートなあの競走馬にくらべたら、容姿もまずかった。鈍重な感じだが、落ちついたやさしさのあるこっちのほうをぼくは好んだ。サラブレッドはどうみてもつんとして威張ってみえる。

二

雪がやんで、陽が出ると、ぼくは家を出て、いつもその一軒家の方へ歩いていった。馬が出ていない日もあるが、出ていなくても、そこを通るとき歩をやすめた。雪囲いの切れ目から、馬房がのぞけた。五頭の馬は、三尺幅ぐらいの三和土廊下をへだてて、房の口をこっちにむけている。さしわたした棒にのどをこじりつけたり、足掻《あが》きしたりしている。これは外へ出たがっているのだと、ぼくには思えた。そんな時は、母娘の姿は住居《すまい》の方になかった。娘の運転するライトバンでどこかへ出かけているらしかった。

父親が生きていた頃は、住居の玄関よこが事務所になっていた。そこに客がしょっちゅういたものだが、いまはカーテンがひかれて、めったにあいていない。雪の降る日などは、昼でもそこに電燈がついていた。

高原の町は、夏場は避暑客でにぎわった。別荘にも人がはいった。商店街は、母娘の家の前を通る道から、林をへだてたバイパスの方にあった。七、八月はこのあたりサイクリングの若者があふれた。駅前は、東京の出店だけでも三百はあるだろうと町の人はいっていたが、それらのどの店もが秋末になると戸を閉め、冬場はベニア板を戸口に打ちつけて荒涼としていた。この光景は、薄情な都会人の感情を露骨にだしていた。商店街から林をへだてて距離もあるので、地元民の住居の散在する母娘の乗馬クラブのあたりはいつも閑静だった。

ぼくは、日によっては、種類のちがう馬を外につないで、母娘が馬房と庭を行来するのを見たあと、うしろの落葉松林をぬけてMホテルの方へ歩いていった。高台の松林のなかにあるホテルは明治初年の創業とかで、古風な木造洋館もめずらしい格調があった。よく雑誌のグラビアにも出ていたが、冬場のふだんの日は閉業していた。ぼくが冬を越すようになる三年前から、土・日曜だけは客室の一部を、ふだんはグリルを休みなしにあけるようになった。カトリック系の教会が二つあって、そこで結婚式をやる若者がふえ、教会とホテルが申合せて、新婚客の予約をうけているときいた。雪の降る日など、若いカップルを見かけることもあったが、殆ど満員になったことはなかった。ぼくはそんな閑なホテルをのぞくのが好きだったので、いつも散歩の終着点をここにきめていた。それで、食堂の少女やボーイと顔見知りになった。床次《とこなみ》という支配人は、六十近い白髪頭の、温厚な人だった。時どき、ひとりでグリルの卓《テーブル》にすわっていた。ぼくがゆくとわきへ椅子をよせてきて、自分もコーヒーを呑んだ。

「マツタニの乗馬クラブの母娘はよく働きますね」

とぼくがはなしかけると、床次は、

「短大をきっぱりやめたのは感心ですよ」

と娘のことをほめた。父親の死後、卒業間近い学校をあっさり捨てたのには、べつの理由もあったようだが、といってから、いまどき馬の守《も》りをする娘なんかいませんね、といった。

「ご存じですか。マツタニの親爺は、あれで、この町では乗馬クラブのはしりで、馬のことじゃ第一人者でしてね。進駐軍がいたころは二十頭もいましたよ。とにかく、馬が好きで」

と床次は、生前の松谷米蔵と懇意だった様子をはなしたあとで、

「馬ってもんは不思議な動物でしてね。冬のうち肥らせておいて、客を乗せる夏場には飼糧を制限するそうです」

といった。逆な話のように思えた。客を乗せて精を出させる日々にこそ、たらふくたべさせねばならぬとするのが常識だった。ところが松谷米蔵は、永年の経験から、中間種の馬は満腹すると、かえって猛々しくなることに気づいて、夏場はかげんして食糧をへらしていたそうだ。精気をぬいておく。その方が女性や子供を乗せる際に、おとなしくなった。他のクラブの馬にくらべ、マツタニの馬がおとなしいと定評のあったのは、この配慮が効いていた。はじめて聞く話なので興味をふかめていると、

「その親爺さんの教育で、冬場の守りは大変ですわ。あれで母ちゃんは一日に五どの飼糧をやってます。朝は五時起き。遅寝していると、馬は房の板壁を蹴って要求するそうです。それで昼に一ど、三時にまた一ど、九時にまた一ど、十一時に一ど、計五度の食事でしょう。もっとも、九時のときと、三時のときは、ほんのお三時ていどで、干草と水だそうですが、あとはみな、大麦と干草をまぜて、それにカルシウムを入れた水じゃないと首をふるっていってましたよ。ぜいたくなもんですな……母ちゃんも娘さんも、冬場はゆっくり寝てやしません」

ぼくは母娘のあの多忙ぶりの内容がわかって複雑な気もちになった。

「ことしはたぶんアルバイトの学生をやとうでしょうけど、娘さんも轡《くつわ》をとって歩かないと間にあわんでしょうね。役所も通りへ落す糞の問題で、去年から投書の山積で頭をなやましていますから、乗馬もこれから窮屈になってゆきましょうしね……」

床次はそういってから、

「あなたは馬がお好きですか」

ときいた。ぼくは好きだといいきれない気持をもっていたし、乗ってみたことも勿論なかった。だが、

「好きですよ」

とこたえておいた。不意にそういわれて、はっきりしたことはいえないのだったが、思い出すことが二、三あった。

三

十三年ほど前にはじめてこの高原に家を借りた夏、足のわるい次女も一しょにきていた。三歳だった。次女は先天性の脊椎破裂症で、うまれた時に脊椎のとび出た障害をもっていた。そのため誕生すぐに手術して、背中のコブは除去できたが、その際、医者がしくじって神経を切断した。それで下半身の幾箇所もに感覚の届かぬ器官をのこした。膝から下方、とくにくるぶしから足先が死んだ。萎えたそこは小さいままに育たなかった。妻はこのままだと大きくなっ

ても車椅子にたよるしかないと慮《おもんぱか》って、医師と相談した末、子の未発達な骨盤部に、自分の骨を移植して、松葉杖で歩行できるような大手術をやった。その手術の終った夏だったから、よくおぼえているのである。

家の前をよく馬が通った。足萎えの子はめずらしがった。門のところまで車椅子で見に行く。馬は十頭ぐらいならんで通ることがあった。どの馬にも、若い男女や、子供が乗っていた。アルバイト学生が、轡をとっている。みな、マッタニの乗馬クラブの馬だった。当時は、いまのように同業者もなくて、マッタニの独占事業だったろう。厩舎は、いまの新道の方ではなく、駅に近い町なかの一角にあった。借りた家が近かったのと、前の道が、役場からゆるされた観光乗馬のコースになっていたからだ。次女は、馬にのせてくれとせがんだ。足がわるいのだから馬ぐらいには乗せてくれという理屈らしかった。妻は反対した。当然だ。足が不自由なのに、鞍《くら》にまたがらせるなど無法だ。かりに乗せてやったにしても、母親はつききりでいなければならぬし、馬丁の邪魔にもなるだろう。妻は子をなだめた。結局、のせないかわりに、厩舎まで馬を見せにゆくことになった。妻は車椅子を押して出かけた。子は、何頭も毛色のかわった馬のいる馬房へいって、満足して帰ってきた。そのときの話に妻が、

「白馬のハナコさんが好きになったんですよ」

といった。一頭だけ白毛の老馬がいたそうだ。ハナコと表札があったという。

「さわらせてくれってきかないもんだから、おじさんに頼んで、さわらせてもらったんですよ。

ほしたらね、馬って、わかるのかしらね、この娘に、鼻をつけてくるの。泣きもしないで、鼻汁の出た鼻に、この娘さわってたわ。あなたはきらいなのに不思議なことね」

ぼくが馬をきらっていたわけでもないのに、妻はそういったのだった。その日から、次女は毎日、馬見物に出かけていった。妻のゆかぬ日は、看護役の妻の姉がついて行った。

「ハナコは蹴らないわよ」

というのが、次女の帰ってからの報告だった。しかし、妻は、車椅子を押してゆく姉に、

「近よると蹴るからね。気をつけてね」

となっていた。ぼくは仕事も忙しかったので、その夏は一ども次女をつれて乗馬クラブへ行ったことはなかった。べつに理由はない。またの日につれて行ってやろうと思っているうちに秋がきたのだ。それが妻の、ぼくが馬を好かないという判断にもなっているらしかった。

四

昭和十九年の五月、ぼくは召集令をうけて、伏見の四十三部隊で馬卒をつとめた。そのころは馬卒のことを特務兵といったが、輜重輸卒《しちょうゆそつ》というのが、従来の兵科名だった。もう敗戦の色も濃かったのに、どうしてあんなに陸軍が若馬をあつめて訓練したか、理由はわからない。三カ月間を馬の守りでひどい目にあった。朝から晩まで、馬の軀を洗ったり、糞のついた藁を干したり、馬房の掃除であけくれた。兵一人に馬三頭の世話だった。私の持ち馬はそんなに癖

馬でもなかったが、同僚の馬には、あばれるのがいて、よく怪我人が出た。小林朝吉二等兵が事故にあって死んだのも、夕方の水与の時だった。その日のことをよくおぼえている。

部隊に五つあった厩舎前の水与場は、細長い水溝に水道の水がながれていた。五つもあるのに、どうして、あんなにあの夕方の水与は混んだのだろう。兵卒がそれぞれの持ち馬を馬房から出したが、先を争って、順を無視するので混雑したのだ。当番兵の意地悪なせいも一つはあった。誰もがいらだち、馬と人間が水溝の両側で殺気だった。

小林二等兵は仲間の大谷二等兵のすませたあとへ、持ち馬の「敷島」の頭をうつむかせて轡をしぼりつつ、左隣の兵と馬に会釈してわりこもうとしていた。そこへ、渡辺二等兵も「大八《おおや》洲《しま》」を牽いてわりこんできた。と、「大八洲」が大きく一回転した。小林はそれで右隣の「綾《あや》錦《にしき》」の方へ押されていった。うす暗い時刻だ。足をよろめかせた小林が水溝に手をついて、顔をあげた眼先へ、糞をしたばかりの「大八洲」の尻がつき出た。小林はびっくりして、「敷島」の手綱をはなして倒れた。「敷島」はそのとたんに、首を大きく振って列をはなれた。小林の悲鳴がしたのはこの一瞬だった。ぼくが見た時は、小林の軀は五メートルほど吹っ飛んで地面にたたきつけられていた。仰向けにのびた小林は何か叫んでいたが、すぐ万歳したように両手をのばして仰向いたままうごかなくなった。ぼくは持ち馬を厩《うまや》へ入れようとしていたので、そっちへはゆけなかった。小林を蹴りつけた「敷島」は、厩舎の東の方へ砂埃をたてて走っていた。

「放馬、注意ッ」と当番兵の声がした。小林の方へ仲間が走っていった。小林は物をいわなかった。大きく割れた額は、まるで、ナタで撲りつけて、くだきでもしたように、裂け口がみえ、血がふきこぼれていた。

医務室へ担架ではこばれてゆく小林二等兵を、ぼくらはあかね色の空の下で見送っていた。中隊本部の方へ消えるこの担架が見納めになった。

それから、ぼくらは水与の時間には注意するようになったが、三ヵ月間、どんな思いで、馬を牽いて水溝へ走ったことか。小林の死んだことは、除隊後にきいた。四日目に死んでいたのを兵卒は報らされていなかった。

五

この古い馬卒時代のことを妻や子に話したことはなかった。世間にはよく軍隊時代を自慢して話す父親がいるものだが、ぼくには自慢のタネになるような話がどこにあったろう。事実、同僚の誰をみても、背が低くて、たとえば、片眼だったり、指がなかったり、猫背だったり、ぼくのような結核あがりが三人もいた。みな丙種か丁種の第二国民兵役で、地方民として働いていたのが集められたのだった。くずのような兵隊だな、と班長がよくいっていた。まともな兵隊でも兵科でもなかった生活に、まともな話のあろうはずもなかった。それに、世間の人は、馬卒といえばめずらしがり、話を笑いながらきいた。笑われるなら、こっちも話す気はしないのだった。

水与の時間に馬に蹴られて死んだ二等兵の姿を、ぼくは時折り思い出してきた。人に話している時ではなく、自分一人の何げない時間にそれは思い出された。だが、ぼくは、年が経つにつれて、馬卒時代のことは殆ど記憶から失われてゆくように思うことがあった。不思議なことだ。人間はわるい時期のことをわすれたがるものらしかった。思い出して暗い気持になることなど、きらうのは自然というものかもしれぬ。

それで、次女がハナコの鼻をさわらせてもらって喜んだといったあとで、妻が「あなたとはちがって」といったことにぼくはこだわったのだった。妻は、ぼくが馬卒だったころはまだ他人だった。そのころは長女の母親がぼくの妻だった。この妻とは敗戦後数年して別れ、いまの妻を貰ったのだが、そういえば、先の妻は、ぼくの馬卒時代のことはよく知っていたので、何かの折りに（それは別れる寸前のころだったが）、ぼくの召集されていった兵科のことを見さげるふうに他人に語っていることがあった。そんなことで、ぼくはあとの妻に、軍隊時代のことはあまり話していなかった。Mホテルの床次から、馬が好きですかときかれた際に、返事がしにくかった事情も、じつは、馬を見れば、意識のふかい底の方で、こんな思いがかけめぐっていたのかもしれぬ。死んだ戦友（内地勤務の馬卒にしては大げさかもしれぬが）の、裂けた額から黒血がふきだしていた姿は、記憶の根雪に埋まったようなもので消えることがない。

六

ぼくはこの冬は散歩ばかりしてくらしていた。ひまがあると、母娘のいる馬房を見にいった。だが、この母娘と話したことはなかった。陽のあたっている銀一色の繋ぎ場に、栗毛や白毛の馬が暢気《のんき》に背をのばしている。母娘が雪を馬に投げあって笑い興じていることもある。そんな時は、よほど声かけてみようかと思うことがあった。たとえばぼくは、一頭だけいる白毛の馬が十三年前、次女が親しんだハナコではないか、と思ってみていた。しかし、もし、いまいる白馬が十三年前のハナコだったとしたら、おそらく、二十歳をこえているのではないだろうか。そう思うと、いくらか、いまの白毛はそれとちがうような気もするし、またひどく老けてみえて、十三年前の馬のような気もする日があった。また、白馬を母娘があまり外へ出さないでいるのも知っていた。で、そんなことも訊いてみたかったが、この母娘には、他人をよせつけないような雰囲気があった。父親が死んで、母親が責任をもってきりまわさねばならない夏の盛りがやってくる。そのためには冬はよくたべさせて肥らせておかねばならぬ。母娘は、やがてくる夏を覚悟して、働いているのだった。はりつめて働く母には、短大を犠牲にして帰った娘の将来のことなどについてもいろいろな思案もあったろう。ぼくは、他人の家庭の立入ったことを、勝手に想像してみてはいたが、話しかけて詮索するまでの興味はないのだった。

ぼくが賄女《まかないおんな》とふたりきりで冬を越すのは三年目だった。妻や子らは東京にいた。次女はもう中学三年になっていたが、めったにこの山の町へくることはなかった。世田谷にある都立の障害児専門の学校へ通っていた。松葉杖は、母親の悲願でつかえるようになっていたが、車椅子にのせてゆくことが多かった。そのため妻はかかりきりだった。つい、先日、用事があって家へ帰ってみたが、妻と次女は病院へ行って、いなかった。そのため、すぐまた山へ帰ってきたが、その夜、妻から電話がかかってきた。

「何か用事でしたか」

と妻はきいた。ぼくは用件はべつになかったといったあとで、東京へ帰ったのだから次女の顔を見たかっただけだとこたえて、

「病院は何といってるのか」

「病気という病気がみんなこの子にあつまっているとお医者さんはいいますよ」

と妻はいった。

「子供もわたしも、ほとほと疲れましたよ」

病院は定期診察らしかったが、このところ、次女は腎臓に障害をおこしている。尿器系の神経が死んでいるので、人工尿器をつけての登下校である。それに、上半身のすっかり成育したことから、それを支える萎えた足の不便さと、器官の活動が、成人するにしたがって思いどおりに働かないのだった。健康に育てば育つほどに、疾患部もまた大きく育つ軀になっている。妻はつまり、そのような二重、三重の苦痛を生きる子の身になって、そういったのだろう。ぼ

くも、たまに家へ帰れば、次女の姿を見たくは思う。ところが、上半身は大人になった子が、それだけ大きくなった上半身をささえかねて這っていた。それを妻にまかせきりにして山へ上ってくる。

ことしは雪が多いと町の人はいっていた。二日も三日も降りやまぬことがあった。夜になると、風がうなって戸を鳴らした。そんな夜は、書斎の机に向っていても何することもなくぼんやり考えこむことが多かった。ぼくはいまの妻と十五ちがいだった。かりにぼくが十二年経って七十歳をむかえたとしても、妻は五十五歳になって、二十八歳の不具の娘をあいかわらず守りするはずであった。ぼくは七十以上生きる自信はなかったが、ないといえば嘘になるかもしれなかった。あの軍隊にいた頃、ぼくは、馬と一しょに外地へおくられて死ぬ覚悟でいた。事実、七日前に出発した同僚の部隊は、下関を出た輸送船が、台湾沖にさしかかった頃、爆撃をうけて沈没し、全滅していた。馬と一しょだから船底にいて逃げおくれたのだった。ぼくは次の出発を待っているうちになぜか除隊になった。それで死なずにすんだ。今日、五十八歳で生きておれるのも余禄のようなものだった。七十までゆければたくさんであろう。そんな気持は確かにあって、だが、七十になるかならぬかでかりに死ぬにしても、あとに残った妻と不具の子はどうするだろう、と思うことがあった。ぼくは、松葉杖をついて歩かせるために、妻が骨を移植してやった十三年前の時も、手術の現場へは行かなかった。仕事にかこつけていた。そんなぼくは、勝手な父親だった。はなれていても、人は人のことを思うものだなどといい、ぼくにはつまりは、余禄の生を自分勝手に楽しんでいるようなところがないでもない。辛い目にあうのがいやで、目をつぶっていち早く逃げる。ぼくはいったい誰のために自分の骨を切ったことがあったろう。

七

二月半ばから急に気温があがって、地雪のとけそうな日もあったが、それも二十日すぎまでで、また寒波がきた。もっとも、例年二月末ごろは大寒に入ったぐらいの凍《い》てがあるそうだ。山はまた裾まで雪をかぶり、ところどころ地の出ていた疎林の肌も銀一色になった。そんな一日の午すぎ、鼠いろの雲が少し割れて、うす陽のさす気配がしたので、ぼくはいつものように防寒コートに長靴をはいて出た。マツタニの家の方へ当然むかったのだが、本道へさしかかる手前の、落葉松林と、小松の頭を刈りこまれた造成地のあいだの道で、二本の轍《わだち》のある雪道に、彫りこんだような馬蹄《ばてい》のあとをみて足をとめた。たしかにぼくのゆく道を、これから先へ向って、そう時間を経ぬ頃に、馬が歩いた跡だった。馬蹄のあとは、素人でもわかった。馬の前足で雪を思いきりふみつけ、大きくうしろへ掻き散らしたらしいところどころの足跡。まぎれもない、あのせまい馬房から、えらばれて出された馬の、よろこび勇んだ足跡であった。待てよ、とぼくは考えた。馬がひとりで歩くはずはない。人が牽いて通ったのだ。母親か。いや娘だろうか。ぼくは馬蹄のあとのはっきりとわかる道に、あらたな目をすえ、もう一つの人間の足跡をさがした。と、あった。これもまぎれなく女靴だった。文数は九文半ぐらいか。波型ゴム底を物語るブーツ跡が、轍の上を、まるで曲芸師が綱渡りでもするふうに歩いたであろうことを偲ばせて、あるところは少しはみ出、あるところは轍の上にくっきりあとをみせていた。ああ、これは娘のものだ。この足跡なら、そんなに遠くへゆくまい。それにしても、めずらしいことだな。めったに、馬を歩かせているのなどみたこともない娘が、今日になって散策につれて歩こうとは。そうだ。きっと、馬たちも、長い雪の日々を馬房で退屈していたろうから、娘は、一頭ずつ馬を歩かせはじめたのかもしれぬ。そう思って、ぼくは歩を早め、あとを追ったのだった。しばらくゆくと、その蹄とゴム靴の跡は、十字路へきて右に折れていた。右手はゆるやかな勾配のある松林で、谷の方へ入ってゆく。ここからは新雪だ。馬と人の跡だけが、四本の点線になっていた。ぼくは当然、この方角へ歩調を早めた。松林は落葉松林に変った。道は降《くだ》りだが、このままゆくと、町の噂では、やがて皇太子の別荘用地になるはずだといわれている南ケ丘丘陵の赤松林の方角へゆくことになる。ぼくは、そっちへゆけば、バイパスとは反対の、航空隊の兵舎あとになり、いまは牧草地になっている宏大な野原につづいているはずだと思った。馬と娘が、どこへ降りていったか。早く見たい。ぼくは歩を早めた。ぼくの急ぐその途中には、人家はなかった。丘陵の雑木林には、栗や、櫟《くぬぎ》が、枝をへし折られ、主幹の肌をむきだしにしていたり、落雷で半身を黒こげにして、辛うじて生きた巨松が、裸林のそろった梢から突き出ていた。そして、その太根のあたりから、羽の黒い鳥が何度も飛びたった。

人影のない静かな道。娘は馬を牽いてどこまで行ったのだろう。ぼくは早く追いつきたくて、動悸が打った。と、ぼくが落葉松の裸林をぬけ、モミの群生した丘から、急に割れてみえる野原に視線をうつした時だった。みたのだ。馬と人を。だが、それは一人ではなかった。ぼくの想像していた娘は馬上にいた。牽いているのは母親だった。娘が乗り、母親が牽いていた。白い画用紙に赤と墨とで描いた淡彩画のように、白銀一色の野の中に。ぼくは息を呑んで佇立《ちょりつ》した。

娘は赤いセーターの下にもんぺのようなものをはいていた。心もち、胸をそらせ、ひっつめ髪をうしろへなびかせて、とりすました横顔で手綱をとっていた。母親は時々娘の方を見仰ぐが、すぐうつむいて轡をとってゆく。水勒の手綱は、馬と母親の間でぴんと張っていた。陽ざしが出たとみるうちに、またすぐ曇る。陽は雪雲につかまると、錫いろの小さな玉にちぢかんで、光りを失ったが、広い野はいつまでも白かった。

馬は青栗毛のようだった。娘は時々手綱でその馬の歩調を早めさせた。母親は馬におくれまいと背をまげて顔をつき出すようにして歩いてた。西の方へ、西の方へと母娘は野をよぎる。

〔初出:「群像」1976(昭和51)年4月号〕

短かい旅

私に似た男が留守中の机にすわっている、と妻がいった。ずいぶん前のことである。私も二、三ど、空《から》の書斎へあがった時に見たことがある。男は机に向って何か書いている。足音にびっくりすると立ち上り、黙って向う階段へ逃げる。逃げるといっても、あわてふためいたふうでもない、のっそりうしろ姿だけみせて消えるのである。顔はもちろんよく見なかったから、私に似ていたかどうかはっきりせぬ。が、背なかがどうも似ている。もっとも私は自分の背なかは見たことがない。それで似ているというのも変なはなしだが、首のみじかいところと、後部のつき出たカナヅチ頭と、耳うらのえぐれが深くて、みす首の変に白いのは、散髪する際、うしろ鏡でよく知っている。それに着衣も、古ぼけた鉄無地《てつむじ》袷で、裾も破れていた。数年前までうち着にしていたものだが。それにふだん用の人絹絞りの兵児帯をしめ、だらりと一と結びしただけで端をたらしているのも似ている。もちろん、気味わるかった。一瞬、敷居のところで足をとめ、すぐ机へは寄ってゆかなかった。馬鹿げたことだ、幻覚だ、すぐ思いかえし、座蒲団に手をついてみたが、と、そこがいやに生温かい。だが、これとてよく考えると、しょっちゅう外へ出てばかりいて、月に三日か四日ぐらいしか帰らない書斎のことだから、妻も持ち前の節約心もあって、階下の子の部屋にだけ煖房器《だんぼうき》は入れたものの、二階には設けてくれていない、そのために、ごく最近に妻は、不意に戻ってくる私のために、百貨店で買い求めたサーモスタットの電気絨毯にスイッチを入れている。その温《ぬく》みである。いま見た男のものばかりともいえなかった。

娘のかじりついているテレビの歌謡番組を見ているうちに、食事になった。妻とその姉を入れて四人。もう一人、娘はいるが、これは仕事の都合で夜なかにしか帰らぬ。男は私だけで、これが家族構成である。コロという雑種犬がいるが、オスではあるけれど、いつの日か女達が勝手に獣医へはこんで、睾丸《こうがん》をぬいている。

「いたよ。似た奴が。何か書いてた」

妻は食器を卓にならべている手を休めもせず、そうお、といったふうに私に眼をむけて仕事をつづける。いった意味がわからなかったのではなくて、わかった眼をしている。留守中二階へきてすわる私に似た男のことは、もう何どもみている。不思議ではない。階下で食事しながらでも、動く気配がわかるともいっている。このあたり、九州の寺生れである姉妹の不思議な特質といえばすむはなしだ。

「ボロ着てたでしょ。また、とりついたのよ。きっと」

義姉が台所からこれもさりげなくいっている。妻もそれでちょっとわらった。食器をならべ終ると、すぐ四人は卓を囲んでぱくつきはじめた。娘はテレビの前で、半分はそっちに気をとられている。子は歩けない。両足のくるぶし近くから先が死んだ萎え足である。幼時はまだ抱けてそこらじゅうへいざらせたが、中学へ入るとめっぽう大きくなった。いまは妻にも、義姉にも、セーターの古を払い下げる逆の立場で、死んだ足でその全身をささえる苦痛は、見なれていても、こっちは心が痛むのである。それでいったんすわったところへ根を生やす。子にとってテレビは、おいそれと走ってゆけぬ外界の、あるいは火事場や、劇場の見える器具であった。邪険にスイッチを切ってみせるわけにもゆかぬので、名もしらぬしらけ女がしゃべり踊る番組に眼をやりつつ、黙って飯を喰うのである。

「どこから入ってくるのかねェ」

「戸はずうっと締めてあります。あなたのいない時は誰もあがりません。めったにあけないからあの人だけですよ」

と妻がいう。その言い方は、しょっちゅう家をあけて家庭をかえりみない私への不満がこめられているともうけとれる。だが、そうでないようにもうけとれる。外で仕事したり、旅ばかりしているくせは何年前からか。子が胎児時分からもっていた欠陥の腰骨に、妻が自分の骨盤から、ピース箱ぐらいの骨を切りとって移植した三年がかりの大手術は、子が三つだった。はなれて仕事する習慣は、子が生れてからということになる故、子の年齢の十五年はたっているのだ。いまさら、二階の書斎が空っぽなのを、陰にこめて詰《なじ》る妻の性格でもない。そこはごく自然にうけとめる方がよい。

だが、しょっちゅう私ぬきの食事をし、一年の大半を、不自由な子の通学補助でくらす妻、それを助ける妻の姉、腹ちがいのもう一人の娘、のいるこの家に、かりに、私がいなくても（それはいないうちに礎《きず》かれてしまったにちがいないのだが）、彼女たちの建てた平穏は、脆弱なものとも思えなかった。夫の留守に夫に似た男を二階にすわらせて生きる女達。この平穏とは、まことに気味わるいはなしだけれど、無理にいまひき裂いてみたとてそっちの方がまだ始末がわるかろう。

旅から帰って向う食膳は楽しいようでまたべつの妙な気もした。女達はぷちぷちむしむし音をたてて喰う。娘だけはテレビ見ながらだが、こっちは戦時中、輜重輪卒で、早く喰わねば同僚にまきあげられた恐怖から、自然とそういう喰い方にもなっている、人よりは二倍も早い早飯なのである。すぐ終えると、二階へ立つのも多少は気がひけるので、茶を何杯も呑み、ぼんやりテレビをみている。

じつは大江山をぐるりと二日がかりで廻ってきた。いつもの気まぐれ旅だ。大江山に着いて、ふと北の、丹後峰山にいる愛子に会って、何どか彼女からもらった手紙に返事一つせずにきた無礼を謝したい気持になったのだ。旅先なのでその手紙ももってこず、峰山の臨済派の寺とわかるだけで不安だったが、少し時間をかけてでも探してみたかった。

愛子は私が生れた若狭の村の、菩提寺、西安寺の娘である。私よりは三つ下だったが、同じ分教場へ通う仲間で、それに、その分教場で五年生の時、愛子の父親である和尚竹田真乗さんの世話で、私は京都の同じ臨済派の相国寺へ小僧に出た。私の父は寺普請を得意とする大工だったので、菩提寺にはよく出入りしており、そんな縁で寺へ入ることになった。そのため、村にいる時でも、村の子らの中では、大っぴらに入ってゆけない寺の事情にもぼくは馴れていた。愛子は身なりも、物言いも、村の子らとかわっていた。それは私らには美しい異国人ともみえた母親の躾《しつけ》によったもので、京都からきたその母親は、村の一寺しかない菩提寺のだいこくにふさわしく、やわらかな物言いで、几帳面で、色の白い人だった。愛子の下に弟がいた。その頃はまだ赤ん坊で、愛子がよく子守りしていた。愛子はさっぱりした着物に三尺をしめ、髪も都会ふうに三つあみにしていた。村の娘らのようによごれてはいなかった。母に似た色白の、ぽっちゃりした顔だちは、のち肺病で死んだ和尚の、腺病質でひよわだった感じはなく、背丈も高くて、下級生の中ではいちばん目立った。和尚はしょっちゅう寺を出ていた。私たちが寺をのぞく日は、愛子は、母親と二人きりでいた。子に乳をふくませた母親は、薄化粧していて、近よると、私らの母にはない香しい体臭が匂った。まだ三十になるかならぬかの年齢だったろう。一重瞼のはれぼったい眼がいつもなごんでいたように思う。寺の建物は、村奥の杉木立の中にあって、どの家よりも大きな屋根をひろげ、軒も深いのだった。それで、時に本堂前の階段に若い母親と赤緒の草履をならべてはだしになった愛子が行儀よくすわっているけしきは、やはり毛なみのちがう富家の子に思えた。あれは私がもう京都へゆく話が起きていたから、十歳の時だろう。愛子は七つだ。

「そら、ひるがきた。愛ちゃん、鐘をついとくれえな」

奥さま（と私らはよんだものだ）は、本堂の障子をあけて、外で私らとあそんでいる愛子に声かけた。愛子はあそびをやめて、はにかんだように一瞬、首をすくめたが、やがて広庭の隅の鐘楼へ走った。私らもあとをついて走る。愛子は四、五段ある石段をかけあがると、薪材や、法事の際の飾り花の積まれた鐘楼の内側へ消え、巧妙に足台を少しずらせて鐘の下におき、その上へはしこくのぼった。木綿袷の紅い裏地からふくらはぎがのぞいた。愛子は私らの方はみず、両手で撞木《しゅもく》の紐をとり、馴れた手つきで、うしろへ軀を泳がせるようにして、撞《つ》いた。撞木は弓ぞりにそった楼の外塀へ端を一瞬だすが、愛子が静脈をうかせて紐をゆるめると、鐘はごおうおんんんんとゆれて鳴った。

袖口がまくれて腕がみえた。村のどの女の子よりもまばゆいように白かった。私たちは、鐘楼へ登るのを禁じられていたから、下から愛子を仰いでいたのだ。その年ごろの男の子に、寺の娘への憧れのようなものがあったといえば、嘘になるやもしれぬ。育ちのちがう寺の娘に畏敬の念をもったのだと思う。京都へ行ってからも村のけしきの中に愛子はいた。

十三歳で最初の寺を脱走した。理由はいろいろあったが、子供のことだから、格別な理を立てていたわけでもなかった。持ち前の、放浪性と、自我のつよさとで、世話になっていた和尚に反感を抱いて家出したまでだ。行くあてもなく、街をうろついていた。村へ電報がゆき、父が怒ってやってきて、西安寺の和尚に顔向けができぬといった。いったん相国寺へ戻されたが、再び西安寺和尚の世話で、衣笠山麓にある等持院に世話になった。そこで、宗門中学校を卒業したが、またまた、卒業まもなく勝手な理由をつけて脱走した。それから二どと寺へ帰っていない。

身勝手の最大は村の和尚を裏切ったことだろう。これもあとできいたはなしだが、西安寺は相国寺派の三等地だったので、その在所の小僧が二ども宗門を脱走する騒ぎは、菩提寺の和尚の立場を悪くした。しかし、和尚は、二どめの寺を世話してくれた上に、そこを飛び出た私に、なんの恨みも書いてくることはなかった。私は、それをよいことにして、音信不通のまま長い歳月を送った。

愛子の父親の死亡を知ったのは、いつだったろう、私はもう東京へ出ていたやもしれぬ。肺炎が高じて、小浜町の病院で急逝された由、父から手紙をうけた。それからまもなく、愛子が十九歳で丹後峰山へ嫁したときいた。たぶん、戦争も次第にきびしくなり、私が若狭青葉山の分教場へ疎開して、代用教員になったころだったかもしれぬ。愛子の父親に、私は何の詫びも入れずじまいで、その死を遠くから見送り、しかもまた愛子の結婚をも、遠い噂で知っただけのことである。

大江山は雨だった。福知山から由良川《ゆらがわ》沿いに、中の茶屋あたりへきた頃から大降りとなり、山はもう見えもしない。車はワイパアをはげしく左右にうごかす。氷雨のような水滴が、フロントに絶え間なくそそぐ。楽しみにしていた由良川の秋末のけしきも、道も閉されている。運転手に急に峰山へゆくというと、向うはうら西だ、といった。

「うら西って何かいね」

「丹後は、うら西の季節ですよ。このごろはめったに晴れた日はありません。西の方から、吹く雨風ですわな」

そんな季節雨の頃をえらんでわざわざ来たのも気儘旅《きままたび》のせいである。

「峰山のどこへゆかれるんですか」

「寺だ」

「何ちゅう寺で……」

福知山のタクシーであった。宿で工面してくれたその車は、新車をおろして三日目とかで、シートにまだビニールがかぶせてあった。三十すぎの運転手は、のっぺら顔で鼻がない。それはうしろから見ているせいもあるが、客席に向けて貼りつけてある証明書の写真と似ていなかった。

「寺の名もわからんのだが。ただ、その寺の嫁さんの名はわかっている。だが、それも旧姓だしね、ちょっと手間がかかるが……とりあえず役場へ行ってくれないか」

小さな町のことだ。宗派は臨済派だから、そう寺も多くはあるまい。愛子という名もめずらしい名に入るだろう。かりに寺は多くあっても、愛子というだいこくさんのいる寺は一カ寺しかあるまい。加悦から峰山へ入る早道があると運転手はいった。両側から低い山の迫るはざま道を、まっしぐらに走らせた。やがて、峰山ちかくなったころに小降りになった。うら西は北へくるほどに遠のき、空に明るみが出た。

峰山ははじめてだった。汽車で通りすぎたことは何どかあるが、町に降りたことはなかった。運転手が、通りがかりの人に役場をきいた。町はずれの田なかに建てた新しい建物のその役場は、このごろはやりの都会風な官公庁の構えで、玄関も自動ドアである。受付娘に、社寺係の人に案内を乞うた。やがて三十四、五の素朴な吏員が出てきたが、この人も鼻がないほどに低かった。探している寺をいった。

「臨済派は十二カ寺ありまして……」

と吏員は困った顔になった。だが、ちょっと待ってくれといい、内へ入った。まもなく出てくると、笑顔で低い鼻にしわをよせて、

「丹波の相光寺さんですわな。西田愛子さんでしょ」

「丹波というと」

「町の地区名に丹波というところがあるんです。その丹波のとっつきにあります。すぐわかります」

地図を書いてくれた。何のことはない、町内に丹波という在《ざい》があって、この役場から十分間も西へゆけばつき当る十字路を、右に折れて、どこまでもまっすぐゆくと山に出るそうだ。そこがもう相光寺の石段だと教えられる。

石段は五十ぐらいあったろうか。自然石のざらついた段は、ところどころ石がはがれ、草の生えたところもあった。ぬれたその石の部分を踏み選《よ》りながらあがった。古い門にくると、その棟の屋根の下に、ひらけた中腹広場がみえ、正面に、十間まぐちぐらいの高床の本堂がある。庫裡は平家だが、つましく廊下づたいにへばりついた構え。若狭の西安寺に似ている。建物の規模も、庭の広さも、背なかに山があるのも、のしかかるような杉木立が天につきぬけているのも、禅刹《ぜんさつ》らしいふぜいである。六体地蔵が露天に立ち、そのよこがやはりどこでもみられる軍人墓地らしい。陸軍何等兵何某《なにがし》之霊と彫字のまだよくよめる家紋つきの墓石が十ぐらいならんでいる。雲間からさしこんでくる西陽は、いま広庭のぜんたいを橙いろにうきあがらせた。

庫裡の方へ向ってすすむ。戸口に立って、長押の上に、一枚板に誌された表札をみた。

臨済宗天龍寺派相光寺

住職　西田建宗

妻　愛子
長男　清郎
次男　勝郎
三男　由郎

と読める。やはりここだった。愛子は西田姓にかわって、閑静な山の中腹から峰山の町家の一望できる禅寺に嫁しているのだ。子は三人ある。ひと目でわかるその表札の裏側で、遠い五十年前の、若狭の西安寺の風光がかさなった。戸をあける。とすぐそこが土間で、どの寺の勝手口にもある、本堂側へあがる上りがまちと庫裡へぬける上りがまちが、二角に黒光りして見え、右手奥の仕切り戸はあいていた。古びたくどに火が燃えていた。こっちに背をむけた女が、私の声でふりかえりざまに、きょとんと見つめたまま動かないでいた。丸い顔だち。陽焼けした頬べた。白髪が二た筋もつれるのへ手をやり、呆然と見る初老の女はまぎれもない愛子であった。

「こんちは。東京のね」

といいかけると、わあーっと初老の女は大声をあげて走ってきた。

「あんた、よくきてくれたいね。あ、やっぱりそうや。まちがいない。うち夢のようや。あんた、いつ来なはった」

連発するその声は、銀冠を数本はかぶせている口もとの黒穴から出てくる。両手をひろげている。

「ちょっとこっちへ来たもんでな。急に寄ってみたくなって。あんたも息災で何よりです。いつも手紙ばかり貰うて、返事をせんもんやから、今日はぶらりと来てみた。無沙汰を謝ればよいんです。ちょっと本堂へお詣りさせて下さい」

愛子は、きょとんとした眼をまだむけていたが、急に鼻洟《はな》をすすりだした。

「やっぱり、あんた、有名になって、新聞やらテレビやらに出なるようになって、あたしらはいつもはなしとんのよ。よう来ておくれた。さ、本堂をあけるで、詣ってください」

竈《かまど》の方へうきうきしてもどって、すぐまた思い直したように上りはなから走りあがった。

肥った尻は黒木綿のもんぺの中で大きくゆれていた。上着は若いじぶんのものだろう、手編みのトックリセーターである。五十三歳になるはずの女は、まだしわもよらぬ赧ら顔で、いま眼の前を走りころげるように往来する。どうみても、七歳の頃、白い手首やふくらはぎにみた、細身の印象はなかった。下半身の肥りはひき臼のように下へ大きく張って、岩乗《がんじょう》な女への変貌ぶりである。庭へもどって本堂の方をみると、正面の格子戸は二枚広くあけられて、座蒲団が出ていた。

「さあここへ坐って下さい。めずらしいお人や。うち一人で会うておるのは勿体ない。和尚《おっ》さんも惜しいことしなはった。会いたい会いたいいうてなはって、運わるう京へ行っとりなさる」

「京都ですか」

「はえ、本山の開山忌で、峰山から十二人の和尚さんらが昨日《きんの》団体でゆかれました。もったいない、うち一人で会うなんて、ほんまにもったいない」

また大尻をふり庫裡へ走り、茶器をもってきて、山水画を描いた大きな土瓶から湯呑みへ番茶をついでさし出してくれた。

「ちっとも変りなはらん。子供の頃とそっくり。写真やテレビでみる姿とちっとも変らん。んでも、うちゃ変ったでっしょ。お婆になっとるでっしょ。あんた、何年会わんかいな。うちはしょっちゅう会うとるように思うけんど。本当に会うたはいつじゃったやろ」

「五十年前だよ。あんたが七つの時」

「嘘。そりゃ、あんたが京へゆきなはった時でっしょ。それから会うてますのよ。舞鶴へ講演に来なはった時に会うたし……小浜へ芝居もって来なはった時に会うとるしの」

「それは知らなんだ。あんた、舞鶴へ来たかいね」

「はいな。子をつれて聴きにいった。あれは五年も前やろか。雨の降る日でのし。んでも、はずかしかったで、うちゃ、会場からみておって、楽屋へはゆかなんだ。小浜の時も、芝居はみせてもろうたが、あんたがきてなはる姿は遠くでみたけんど、大勢まわりにいなはったで、ゆかんやった。はずかしかったもんで——うちは、何ども会うとるんよ」

五年前に近くの舞鶴へきたのは教育委員会の招きだったやもしれぬ。小浜では自作の芝居が労演《ろうえん》主催であった。あれも四年にはなる。その会場へ、愛子は峰山から汽車でやってきてくれていたか。

「ちっとも知らなんだな。でも手紙をもろうて息災にやってなさることは知っていたで安心やった。返事を書かんくせして、折りがあれば会いとうてね。わがままなことでゆるして下さい。大江山へきたついでに、とにかくきたんだ。お父さんの位牌にまいらせて下さい」

「お父さんは西安寺に眠ってござる。んでも、そんではここで詣って下さるかいの」

愛子は鼻を啜《すす》ると立ち上り、戒壇前にきて、マッチで燭台《しょくだい》の百目蠟燭《ろうそく》をともした。正面にいって合掌する私のうしろから、

「お父さんが死んだ年は十八。翌年うちはここへ嫁にきました。戦争もきびしゅうなって、食うものもぼちぼち困りはじめたころでした。ところがのう。嫁にきて半年で和尚さんは召集でのし、一年目にフィリッピンで戦死や。公報が入ったのが二十年の七月。それから一と月ほどで戦争はすんで、うちゃこの寺にのこって死にたい思いやった。ところが世話する人がいて下さって、二十二年にまた新しい和尚さんを迎えたんです」

「すると、いまの和尚さんは」

「二どめの夫《つれあい》ですねン。その人とのあいだに三人子が出来て、長男はいま、千葉の峩堂《がどう》老師の僧堂で修行中です。次男は京の警察養成所を出て巡査になっとります。三男はまだこっちの高校にいっとります。おかげさまでのう、みんな息災でやっとるです。はあ、もったいなや。開山忌さえなけりゃ、和尚さんも会えたのにはあ」

愛子はよほど第二の夫に私を会わせたいらしかった。

「あんたのとこは、身体のわるい子供さんがいなさるときいたが、どうしてなはるかの」

「中学生ですよ。うちにいて元気でやっとります」

「それはよかった。大きい方の娘さんはの」

「あれは結婚させた。だが運わるいことに婿が三年前の正月に死んで、いまうちに戻って、何やかやして働いてます」

「そういえば何かの週刊誌でよんだ気がするの。気の毒にのう。それで、いまはみんな息災で」

「ああ息災だ。若狭も親爺が八十三で死んで、淋しくはなったが母は健在です。あんたとこも、高浜のお母さんはお元気のようで何よりだ」

「母ものう、弟が一人前になったで、ラクさせてもろておりますわいな」

高校へゆく子が帰ってきた時、愛子ははじめて座を立ってよびに行った。

「あいたかった人がおいでたんや」

愛子は子に大声でいい、制服のボタンに手をあてた子がはずかしげに上ってくると、

「西田由郎です。はえ、あいさつしならんか」

といった。そして大笑いした。歯をだして大笑いする少女だったか。ぺこりお辞儀した子は、高校生らしくまだ素朴な子供子供した感じで、きめのこまかい白肌の、やや腺病質にみえたのは、愛子の父に似ていたろう。そういえば顔だちも近かった。鼻の高いあたりがよく似ていた。

「学校はどこですか」

「網野です」

北へもっと入りこんだ奥丹後の海岸町だった。

「自転車かね」

「はい」

子は額に血をのぼらせて立ったままだった。寺の子だ。行儀よくそろえた細指の女のような白さに、遠い五十年前の西安寺でみた、愛子の、まだうぶ毛に被われていたうなじの、白かった肌と、赤ん坊に乳をふくませていた母親の、これもやはりふくらんだ胸から、いつもたゆとうてきた都会人の匂いがかさなった。

「愛ちゃん愛ちゃんとぼくらはいってたね。今日はその愛ちゃんに謝りにきた。日頃、手紙もらって何も書かなかったのが先ず第一だが、それにもまして、ぼくは、あんたのお父さんに世話になっておきながら、亡くなるまでよそをほっつき歩いていたもんだから、詫び一ついわずじまいに終ったんだ……」

「何を詫びなはるですか。おかしい」

と愛子は歯をだして、人の好い眼を投げてくる。

「坊さんになれなかったことだよ。折角いい寺へ世話してもらっておきながら、勝手にとび出て何の音沙汰もせなんだ。村へも帰らず、亡くなるまで黙っていたことです」

「…………」

愛子は一瞬、口もとをしめた。視線を私からはずして子の方へ投げたが、すぐ思い直したようにもとの明るい眼にもどると、

「そんなことといまは何とも思うていませんよ。おかしい。お父さんやって、あんたのことはよく言うておいでて、恨みなんぞしてなはらなんだ。ちょっとちごうた子や、寺を出ても、何とかやってゆくやろ。いつもそういうてなはった」

子の前での修飾だろうか。もう一つの愛子の気持はそんなものでもあるまいと、ふと思った。

「ぼくはこれで帰ります。愛ちゃんも健康に気をつけて、いつまでも達者でいて下さい。和尚さんが帰られたら、留守中に何の前ぶれもなくきた無礼をあやまっておいて下さい」

礼をのべて本堂を出た。西陽がさらに雲間からそそぐ高台には、来た時よりは橙いろの光りが濃く縞目をつくり、六体地蔵や、その前にまだ花ののこっている葉鶏頭と鳳仙花《ほうせんか》の花壇が明るかった。門へでて、左わきに鐘楼があった。屋根は弓なりに四方へひらいていたが、肝心の鐘がなかった。古紐が一本下へたれている。

「鐘は召集ですか」

「二十年に献納したままでっす、飛行機になったもんやと思います」

と愛子はいった。

「西安寺の鐘はどうでしたかいね」

「お父さんも早ように献納しなはって……」

石段を降りる。その二、三段目あたりで、眼の下の町家をみたら、江戸時代から栄えたといわれる藩主在住のこの古い織屋町は、ところどころに新築の家や鉄筋の家をまじえて、迫る城山のあいまに平べったくのびていた。その果てに、大きく空の下半分を区切る巨大な山塊がある。大江山である。雨あがりのこっちからみると、頂はまだ降ってでもいるのか、てっぺんだけ乳いろに切れてよこへひろがり、つらなる東西のやや低目の峰々に霞がながれ走る。麓《ふもと》へゆくほどに樹相は露《あら》わとなり、山は晴れあがろうとしていた。降りきってふりかえると、高校生とならんだ愛子は腰をかがめかがめ手を振っていた。この女とは、もう会わないままになるやもしれない。言いつくすことの何分の一もいえなかった思いがのこる。ひと枝きわだって赤らんだ楓《かえで》の目立つ本堂の屋根を背に、いつまでも佇んでいる愛子はかすんでいた。

車にもどって、こんどは先にきた由良川道から反対側の、雲原道とよぶ兵庫県側を迂回してゆく運転手が、鼻のないのっぺらぼうの横顔とボサボサのふけの多いうしろ首とを硬直させていた。私はもとの私にもどった。家の者に話しても、どうとも説明のしようのない短かい旅。その途次での幼馴染みとの一会の、これが最後と思えたのも、空白だった古暦の一日を埋める喜びにつながっている。

「うら西は晴れてくれたね」

「いいあんばいでした旦那。けどこれから大江山へ入ると、また時雨《しぐ》れますよ。山は大きいから。小雨は鉢巻きみたいにまわっとるんですわ」
時雨が山を鉢巻きにしてまわる。それはどんなけしきか。わかるようでもあるが、はっきりしない。晴れたとみるうちすぐ曇る。山が深ければ、それだけ尾根尾根が多くて、雨雲も断ちきられて、降る山と降らぬ山とがあり、それで雨は順々に中心の大山を片しぐれのように巻いてわたるか。気になるので、窓から、近づく山なみを眺めやると、なんといわれたとおり、南の方から、セロファン一枚かぶせるみたいに乳いろに時雨が走ってくる。

〔初出：「文芸展望」1976（昭和51）年冬号〕

わが風車

一

陸橋のコンクリートの手すりに両肘をついて、橋をくぐる電車を見下ろすのが好きだった。都心へ出かける際、拾った車のたいていがここを通る。昼は昼で、夜は夜の、眺めが変って見えるのがおもしろく、時間かまわず橋のまん中で車を捨てると、降りた側の人道壁へ倚《よ》って、何げない景色を見ている。

電車はひっきりなしによごれた背中を振って走る。その背中にとりつけてある菱型枠のものを何とよぶのか知らぬが、架線のつなぎ目あたりで、よこからささえに交わるべつの架線と擦れるとき、夜だと闇の布を裂くような火花が、みじかい音をたてて閃《ひらめ》く。すれちがう車輛が、合図に何か物をいったかとも思えた。また時には、錫いろのゼラルミンの大箱を数珠つなぎに乗せた台だけの車輛や、腰高ぐらいの板にはさまれて太い裸材が山盛りされた無蓋車《むがいしゃ》などが、どうしてこんなところに一服しているのだろう、煤けた鼠いろの雪を荷の背なかにひからびさせて、うごかないことがあった。雪はたぶん北国のそれにちがいなく、車輛の腹の掲示板には「わむ雫石」などと白くぬいた文字が読めたりした。かりに止っていなくても、速度ののろい貨物は、人を乗せる電車のせわしなさにくらべて、どこやら長閑かだった。何にしても、そこが駅でもなく、踏切でもない橋の下なのに、長い蛇体をくねらせてだまって休む貨物列車ほど、気をやすめるものはない。

左手はOデパートが線路に沿うて弓状に全身をくねらせて横たわっていた。右手は駅ビルである。同じように高い鉄筋だが、ビルはこれだけでなく、目立つものはかぞえきれない。デパートの向うは、絵はがきにもなっている超高層のホテルや、それにつづいて競って建った四つのやはり超高層のビルが、昼だとハモニカをたてたように光り、夜だとまわりに赤電球をつけて木のようにみえた。周囲がみな高いから、よけいに線路のある橋下は谷底になった。灯をともした黄色い窓。灯をともさないで蛇腹被いをおろした黒い窓。まちまちのビルが、向きも高さも争って、眠りはじめたり、眼をさましたりしている夕方近いわずかな時間のうつろいをぼくは好んでいた。ふだんは高原村にいるぼくは、都会の黄昏《たそがれ》が短かいことに気づいていたが、空のまだほの明るいころに、そこここの屋上から、酒や洗濯機の電光看板が明滅しだすけしきには格別の思いがして、眼をとらえられた。線路をはさむ東西の盛り場が、これを合図に急に熱気を出し、音楽やクラクションが、火事場の空へはじけるようにたかなってくる。そうなるといままで、谷だった線路は、無数の糸をならべた川に変り、電車も貨車も急に化粧したように、赤や青にいろどられて走りだすのである。更けるにつれて、その電車も少なくなると、線路に冷えたものが這うけはいがあった。この時間も好きだった。だが何にしても、濃闇の向うへ終電車が尾灯を赤く遠ざけるけしきは、ぼくだって淋しいのだ。

この陸橋の東たもとの台地に、といっても、うしろはずり落ちるような崖なので、橋へしがみつくようにならんでいる屋台店のうち、一軒だけ馴染みがあった。女だてらに坊主頭に逆剃《さかぞ》りして、てかてかの形いい後頭部を自慢もし、男装を好んでいる若いママが、つまみだけ出して酒を売る店だった。でこぼこの地面におかれた腰かけにすわって、一時間ほど眼の下の線路を眺めているのだが、似たような男もいて、だまって同じようにならんで線路を見ることがあった。客はさて五人もくれば満員で、カウンターに入っているママも、立ちぱなしのスペースしかなく、「やかましい店でしょ。いってることききこえやしないんだから、ほんとにさ」などといったりした。東の盛り場がまだ和田組マーケットとよばれていた頃、これは同じハモニカだったにしても、地べたに倒したような屋台の行列だった街から、数軒だけここへ移した名残りを物語っている。気に入っている理由は、名残りに吸いよせられるこっちの趣向以外にないのだが、寒い日は戸もないから、立って呑むのはいたたまれなかった。ぼくがムーランルージュへ通いつめた頃にも、このあたりには、こんな店が提灯をともしていたのだった。

屋台のうしろ崖と橋つづきの高みの道路とのはざまに段になった道が、土手の影にしずんでいた。石段は急で、眼下の盛り場へ通じていた。この急坂の路肩にも冬でさえ枯れない草があって、店の流し水などもあることゆえ、めったに乾燥したことなくじめじめして、春夏は丈高い貧乏菊がゆれていた。ぼくはこんな土のある段の道が好きなのだった。昔も、ここを通って、ムーランルージュへ歩いた。

二

杉森いつ子が、まだムーランルージュの座員見習で、フィナーレの群舞に、うしろの方で、目立たぬうけ唇《くち》のしゃくれ顔を上気させて、スカートをまくりはちきれるような太股を、肩と同時に左右へふって踊ったのはぼくが上京して一年目の、昭和十三年だった気がする。東中野に住んでいたので新宿へ出るにはよく歩いたものだった。歩いてくる時は大久保の方からくるので、南口のこの陸橋の屋台のうらを降りたのは、つとめ先の九段の業界新聞からの帰りにきまっていた。記憶もいいかげんになってはっきりせぬが、月に二回は演目が変ったか。木造建ての劇場の、後部座席の背なかにあった杭に横棒をわたした手すりが、手垢で光っていたのへ、しがみつくようにして、いつ子の踊りに眼をすえていた。

いつ子は小造りな顔だちで、背低く肥っていたが、胴はよくくびれてしまり、足もふくらはぎの下から急に細まって、かわいいプロポーションだった。うぶさも買われてか、毎夜二本ある芝居の前狂言の娘役で、台詞《せりふ》もあるかなしかだったがよく出演した。ながいあいだぼくは、いつ子が出た芝居の梗概《こうがい》が印刷されている、折りたためばハガキ大ぐらいにしかならないザラ紙刷りのパンフレットを、輪ゴムにとじて保存していたが、敗戦後焼け野を転々しているうちに、紛失してしまった。この劇場でスターだったのは明日待子《あしたまちこ》や、外崎恵美子、千石規子、池上喜代子の諸嬢だが、まだ彼女たちはみな二十代で、潑剌としていた。男優では左卜全《ひだりぼくぜん》、黒木憲三、並木瓶太郎《なみきへいたろう》、山口正太郎の諸氏が印象ぶかく、森繁久弥は戦後早々のころだったか。いつ子がいたころの文芸部は、菊岡久利、中江良夫の両氏あたりが中心だった。

いつ子が出た芝居に「喫殻《すいがら》往生」というのがあった。並木瓶太郎扮する失業男が、日がな喫殻を集めていて、家の縁に山もりしておく。それを娘とふたりで、手でほぐして、新品同様の紙巻タバコにつくりかえ、場末へ売りにゆく話だった。くわしい場面などわすれたけれど、セーラー服を着て、喫殻の整理をしていた、舞台センターでの膝坊主の出たいつ子には、顔は少女でも軀は一人前の、女学生らしからぬ妙な色っぽさがあふれていた。もう一つの芝居は「喜楽町十六番地」とかいう題で、ある町はずれの朝鮮人の自転車屋を舞台一面につくり、これもいつ子を娘にした並木瓶太郎が、戦時中の朝鮮人の生きにくさをほろにがく演じていた。いつ子はつまり、いつでもちょい役に出たのだが、「喜楽町十六番地」でもやはり少女ながら色気を出す特性を発揮していた。なぜ、こんなことをおぼえているかといえば、四年ほどのちに、ぼくの一方的な思いが通じて同棲するようになって、子もうまれ、約六年くらした間に、よくいつ子の舞台すがたが思い出されたからだった。いつ子は幼女と妖女の同居している性格を心得ていて、ぼくに理不尽を強いる時でも、カマトトぶった甘えを手段につかったので、あとでずいぶんぼくは悩んだり、まただまされてうれしかったりした。もちろん、ぼくは、いつ子が踊り子だったころも、芝居へ出るようになったころも、ムーランルージュでは口などきもしなかった。当時のムーランルージュの楽屋は入口に向って右側通路の奥に、出入口をもっていて、道具などの搬入口もそこだった気がしているが、芝居がはねた十時すぎごろ、ぼくは同じような若い客と連れになるでもなく、少しはなれた電柱のあたりで、いつ子が男優たちや踊り子仲間とはなし興じながら出てくるのを気づかれぬように見送っていたものだ。一ど、いつ子たちのあとをつけて、武蔵野館の角までいった。いつ子たちは、当時辻から右へ折れた地点にあった高級な「亀寿司」ののれんを分けて入り、防空被いのついた電球の下で遠慮げに鉢巻き姿の主人が迎え入れるのにこたえて、楽しげにしゃべっていた。ぼくはいつもからけつだった。寿司屋へゆく銭もなかったから、二、三ど行きつもどりつして内側をのぞいて、東中野へ歩いて帰った。

三

ムーランルージュが戦時娯楽統制令によって、いつ劇場を閉じたか記憶はおぼろげだ。昭和十八年に当時これも情報局の指示で、映画会社が合同を命ぜられ、映画配給社という統制会社に組みこまれた際、いつ子はそこの主計課にいた。ぼくも偶然に、八丁堀にあった大映の宣伝部にいた友人の世話で、この会社に入っていつ子と再会した。ぼくが担当していた社内報の詩壇を選評したのが菊岡久利氏だった。菊岡氏はもうそのころは劇場に出入りしていなかった記憶がうっすらとある。とすると、そのころには劇場はなかったのかもしれぬ。風の噂では経営主の佐々木千里氏が、養女にむかえた明日待子さんと北海道の農場へ去られたとか。そんなことも淋しくきこえた。ぼくといつ子は、いつしか武蔵野館よこのエビスビアホールに行列して、ジョッキ二杯しか配給されぬビールを呑みあう仲になっていた。呑み屋も、バアもあらかたなくなり、食堂はみな旅行者外食券食堂になり、街はどこも黒布で入口を閉ざしていた。そこらじゅうに空屋も目立った。ぼくらは、会社の帰路駅で待ちあわせて、新宿をよく歩いた。盛り場の中で帝都座うらの神谷バアだけが、いつまでも店を張っていた。夜おそくいっても二、三の客はいたものだが、ぼくといつ子は、ここへいって、一、二杯のビールを呑んでから、同棲をはじめた大塚仲町の間借りの家へ省線で帰った。

ぼくらは南口から乗るべく陸橋をわたった。まだ当時は平家が多くて、武蔵野館や高野フルーツパーラーぐらいが大きな建物だった。駅をめぐる街はどこも暗かった。

ぼくといつ子のことは社内で評判になって、二人とも居づらくなって辞めた。十八年の夏だった。いつ子が妊《みごも》ったのも理由の一つであった。戦争もきびしくなる一方だから、満洲にいる父母のところへ行ってくれ、といつ子はその頃からぼくにせがんだ。ぼくの方は満洲はかえって危ないから若狭へ疎開しようといった。なかなか結論が出なかった。ぼくは腰かけのように、少年兵向けの雑誌を出す神田のS社につとめた。解決がつかぬままに、腹の子が大きくなった。いつ子は秋末に堕胎を決意して、ぼくに医者をさがすように命じた。当時、この行為は母体が健康な場合は違法になった。違法を承知でやってくれる医者さがしはつらかった。東中野のアパートにいたころ、ホームから看板だけを見ていた有働産婦人科という医院が、ホームのわきにあったのを思いだし、そこへ頼みにいった。夜のことだった。酒くさい息をはく六十近いずんぐり肩の医者が出てきた。眼鏡ごしにぼくを光った眼で見て、あしたつれてこい、といった。翌日の夕刻新宿で待ちあわせて、いつ子をつれていった。四カ月半ぐらいの腹だった。あれは寒いころだ。東中野の線路わきにあった鈴懸の葉はみな落ちつくして、しょぼくれた枝が、産婦人科医院の御影石のいやに大きな門に向けてげんこつのようなコブをつき出していたのをおぼえている。

手術室へすぐ入れられて、ぼくは細君らしい四十がらみの痩身だがいやに鼻梁のとがった和服の女が、エプロンの袖をまくってしきりと器具台の皿へ、アルコールランプの炎でいちいち消毒しては道具をならべるのを眺めていた。いつ子はわきの粗末な鉄ベッドの藁ぶとんの上に寝かされて、女のかけた毛布の下にいた。女のひとこともしゃべらぬのが気の重い感じで、所在のなさをもてあました。と、この時、電燈が急に消えたのだった。部屋は真っ暗になった。「あら、消えたわね」といつ子もいった。細君らしい女も声をあげたが、やがて手さぐりで廊下へ出ていった。しばらくすると、廊下がうす明るくなった。女が柄のついた金属製の燭台に、ローソクをたててやってくる。

「あなたにもっていてほしいって云ってますよ」

と女は、かすかだがからかうようにいった。何のことやらわからない。そのうしろへ医者がきていて、スリッパをぺたぺた音だてて近づくと、熟柿くさい口臭がぼくの鼻を打った。

「二時間の停電だからね。節電週間だからしかたがない。やっちまわんと……」

医者は、細君からうけとった燭台をぼくの方へさしだすと、

「十五、六分もあればすむ。もってなさい」

そういって意味のない笑い声をたて、入れかわって器具台の前へゆくのである。皿は胃袋の形をしたような、妙な浅底のものだった。ならんでいる器具は、十種類ぐらいあったか。一見して炭火につっこむコテのような、鋏《はさみ》状のものが多く、ほかにナイフみたいなものや、ただの棒みたいなものが研がれた刃物のように光っていた。医者は、ぼくのさし出すローソクの光りの下で、いちいちそれらをまた点検した。そのあいだに、女の方は、いつ子にかけていた毛布をめくり、下腹をださせて両足をひろげると足くびを皮バンドでしめあげ、アルコールを綿片にふくませて消毒をはじめた。そこは手くらがりになるぐらいの明るさだった。少しでも持ちかたをかえると炎は大きくゆらめき、医者ののぞいている頭影が、いつ子の白い腹をかげらせてさだかには見えない。いつ子は黙って天井を向いて耐えている。ぼくは不謹慎にも、いつ子がムーランルージュで踊っていた姿を想いだしたりしていた。医者は、咽喉を時々音だてるく

せがあった。息せわしい呼吸をついて、いつ子の股の中へ躯を入れると、ぼくが器具台よこから さし出す明りの下で、女が名ざされるままに器具をえらんではさしだすのを馴れた手つきで受けとり、すぐにべつのうけ皿へ投げるように捨て、また新しいのをつかった。ぼくには医者のしていることははっきりわからなかった。燭台の柄はかなり長かったし、立っている場所が、器具台をはさんでいたので、器具類の蔭にもなり、いつ子の下腹部の詳細は見えないのだ。それよりもいつ子が急に苦しげに顔を心もちあげ、歯を喰いしばり、うめくのが気になった。二十分くらいたったろうか。医者は、すでに、大皿を片手にしていて、ピンセットで血糸のたれる小さなかたまりをいくつも取りだしては皿へ入れていた。しばらくするとほっとしたように深呼吸してから、綿片でいつ子の股間をふきとっているけはいだった。

「すんだ、すんだ」

と医者はうたうようにいった。細君は、この時だけぼくの方を見て、ちょっと顔つきをくずしたが、すぐもとの顔にもどると医者と交代して、いつ子の股間へ入り、しばってあった皮バンドをはずしはじめた。

「こっちへきて見ないか」

ぼくは燭台を高めにあげて、よこいざりに医者の方へいった。医者は、明りの下へにゅっと皿をさしだし、紫赤色のかたまった肉のようなものを、ピンセットにつまんでみせた。

「これがきみの子だ」

鼻先へつき出すのだった。饐《す》えたような、生ぐさい臭気がぼくを押しつつんだ。子といわれても、うす明りの中なのではっきりせぬが、鼠の子のような、桃いろの肉塊がかろうじてみえ、血は糸をひいて皿にたれた。さかさまにはさまれているのがわかった。医者は子の足をつまんでいる。

「誰にもいうんじゃないぞな」

医者は帰りしなに、ぼくの方へもいつ子の方へもするどい眼を投げていった。

「ばれたら警察につかまるでな」

領収証をもらわなかった記憶がある。いくらぐらいの謝礼を払ったか、さだかな記憶もない。省線で新宿で乗りかえる時に、ぼくらはホームからムーランルージュの方を見た。灯の消えたそのあたりには、白煙がひと筋たつのが見えただけで、黒い屋根がひしめいて眠り、以前のような人ごえはなかった。ぼくらは大塚の下宿を越す相談を車内でした。

四

敗戦の年の冬に見た新宿の変りようは、茫然自失させた。ぼくらは結局、若狭へ疎開していたが、たった二年そこそこ留守しているあいだに、瓦礫《がれき》ばかりの焼野に化けてしまっていた。その日も、ぼくは、南改札口から陸橋へ出て、手すりにもたれて、いちめんの焼野を見ていた。ムーランルージュのあたり、どこにも家はない。道路だけがだだ広く交叉して、四角くくまどられた商店跡の敷地には、コンクリートのかけらや、屑鉄、柱の残骸が山づみされて、枯れ草のあいまに、市松模様のタイル三和土や、よごれた便所の朝顔や、赤錆びた金庫などが雨露にさらされていた。今も忘れられないのは水道蛇口が、まるでそこらじゅうに生えたつくしのように、手ひねりの頭をもたげてみえたことである。

もちろん、二幸や伊勢丹や高野フルーツパーラー、武蔵野館などの建物は残っていたが、それらは迷彩のだんだら縞をそのままに、墓石のように突立っていた。そのわきは掃きよせられたような何もない空地だった。ぼくはそんな時にも、陸橋の下を走る窓ガラスの割れた電車を眺めたものだが、何とこの線路は、街の地面よりも高所にあることがわかった。

駅前から商店が復興しだし、そこらじゅうに掘立《ほったて》小舎が建ち、すいとんや、芋粥や、バクダン焼酎が売られはじめたのは二十一年の春だが、ぼくは生れたての子を背負ったいつ子と一しょにここですいとんを喰っている。

子はぼくらが疎開をひきあげ、神田に住んだ三月に生れた。女の子だった。ぼくは小さな出版社につとめていたのだが、その社がつぶれると働き先がなくなった。配給米はあっても二合一勺。それも欠配がつづくと、母乳のとまることがあって、いつ子はこれでは餓死するといいはり、当時八重洲口の焼けのこりビルに出来た東京クラブという、進駐軍目あてのダンスホールへ出た。ムーランルージュで踊っていた技術がものをいって、すぐにダンサーとしては実入りのいいクラスになった。ぼくは無力な失業者だった。神田の下宿はいつ子の遠縁にあたる家だったので自然とぼくは、遠縁の人にも顰蹙《ひんしゅく》を買う立場になり、子守りばかりして職の見つからぬ腑甲斐なさをさらしているのが切なくなり、いつ子と相談して浦和の農家のはなれへ越した。いつ子は、電車でダンスホールへ通うようになり、二十三年には白木屋七階にあった日本人向けホール「白木クラブ」に鞍がえした。ここへうつったころに、ぼくと別れたい気持が生じたのだろう。ぼくは浦和へ行ってからも、職がなくて、売れぬ小説を書く毎日だったから、たまに童話などの稿料が入ると酒を呑んでばかりいた。ぐうたら亭主は、日に三百円のチップをドレスの内ポケットにかくしもって帰る妻の収入で、気楽に喰っていたのだ。こんな男に、どうして妻が誠意をもてよう。いつ子が書き置きをのこして、家出したのは、二十三年の五月だった。

ぼくは眼のウロコをめくられたような気持になって、子をつれて、いつ子の行方をさがし歩いた。ダンサーの友人や、神田の親戚筋の誰をたずねても、知る者はなかった。子は三つだった。ぼくは子のことを思うと、どうしても母親にもどってほしかった。そのためには、売れない小説にうつつをぬかすような日常をあらためて、たとえどんなところにでもつとめて、生活費を稼いで、妻は家に置いておかねばならぬ、と心底から思ったが、こっちがその気になっても、どこにもそんな勤め先はないのだった。人べらしの時代だった。ぼくの古い友人たちは、みな安月給の会社にしがみつくようにして生きていた。ぼくの入る余地はどこにもなく、雨後の筍《たけのこ》のように、二十一、二年ごろにふえた出版社も、大半は倒産していた。

ぼくはいつまでも愚か者だった。いつ子の家出はぼくの改心を迫るもので、いつかは子もいることとゆえ現れるにちがいない。そんな思いがあって、とにもかくにも、子を飢えさせないようにと、三月《みつき》に一どぐらいは買ってくれる童話雑誌や、幻燈会社の脚本づくりなどに、浦和で精出していた。そんな一日、新宿で服毒自殺未遂をやった女性の新聞記事と写真を見て青ざめた。そっくりの顔だちで、年齢も同じだった。名はちがっていたが、いつ子にちがいないと思われたのだった。女性は旭《あさひ》町の旅館で服毒しており、苦しんでいるところを隣人に気づかれて、大久保の病院にはこばれていた。翌日子をつれて浦和を出て、新宿に降りると、焼け野を大久保駅の方へ歩いていった。新聞を切抜いていたから、病院の番地はわかっていた。行ってみると、新宿駅に近く、省線の高架線路が土手のようにみえる野っ原の中に、焼け残ったものであることがわかった。四階建てのそのビルは、やはりまだだんだら縞の迷彩をのこしていて、窓にベニア板が打ちつけてあった。ぼくは一階の受付で、新聞の切抜を示し、収容されている自殺未遂の女性に会いたい、といった。中年の痩せた女事務員だった。彼女はぼくと、ぼくのつれている女の子に眼をすえ、本当にあなたの妻なのか、ときいた。ぼくは新聞に出ている名はちがうが、年齢も顔だちもそっくりであることを述べ、半年前に家出して帰宅せぬ事情を、その女事務員に説明したりした。女事務員は半ばぼくの饒舌《じょうぜつ》にあきれたような、半ば気の毒のような顔をして、娘の方ばかり見ていたが、やがて、四階の病室の番号を教えてくれた。ぼくは、子をつれてよごれた階段をあがった。何号室だったたか、教えられた病室のドアのよこに、新聞でみた名札がさがっていた。半びらきになったドアは、ぼくらの足音がすると内側から閉められた。ノックをすると、中から小さい応答があって、看護婦が顔を出した。看護婦のうしろの窓べりに一台のベッドがあり、女の顔だけが仰向けに、黒くみえるのへ眼をやりながら、ぼくは看護婦に、短かくここへきた目的をひそひそ声でしゃべった。と看護婦は外へ出てきてドアをしめ、

「本当にお身内の方ですか」

と疑うようにききかえした。ぼくは名前がちがっているが、写真はそっくりであることをいった。看護婦はちょっと迷ったようだった。だが、ぼくのつれている娘を見ると、むげに帰すのもはばかられるような気持になったのかもしれない。

「それでは、ごらんになって下さい」

といってドアをあけて、自分は廊下にたたずんで、ぼくら父娘《おやこ》が、室《へや》へ入ってゆくのを見守るのであった。ぼくはベッドの方へ向って二、三歩歩いた。何一つない、殺風景な病室だった。ベッドに寝た女のわきの丸卓に、黒エナメルのハンドバッグがあった。いつ子ももっていたが大きさはちがうな、と思えた。しかし、それは家を出てから買ったものかもしれぬ。ぼくは、四歩ほど足をすらせてゆき、じっと寝ている女のよこ顔に眼をすえた。女は気配を察したのだろう。まだ夢うつつの状態らしく、首をまわしてぼくらをみたが気づいているのか、どうかわからぬぐらいに表情はかわらず、とろんとした眼をむけているだけだった。ぼくは、年格好は

似ているが、いつ子とはちがったべつの丸顔の、髪の短かい女が、草いろの顔をして、こっちを見つめるのを凝視した。

何もいうことはなかった。人ちがいなのだった。すくむ足をしずかにあとずさりさせて、子の手を握ったまま、ドアへ近づき、廊下にいる看護婦の方へ行った。

「まだ意識が朦朧《もうろう》としてらっしゃいますからね」

と看護婦はいった。ぼくは人ちがいだったといい、深く頭をたれ、謝ってから階段へ向った。看護婦は何もいわず、愚か者の父親を、詰りたいような眼をすえて、見送っていることが背で感じられた。娘に何といって説明してつれ歩いたか、いまはわすれたけれど、たぶん母親に会いにゆくとはいわなかったやもしれぬ。

ずいぶんと自殺者の出た年だった。上野の地下道などでは、凍え死ぬ浮浪者はもちろんだが、掘立小舎の建ちならぶ家々でも、ナタをふるって家族を殺したりする兇暴《きょうぼう》男の記事が出ていたりした。飢餓地獄といわれた東京では、家出妻が軀を売る姿がそこらじゅうに見られた。武蔵野館や、エビスビアホールの前には、進駐軍兵士にだけでなく、日本男性にも、媚びを売る夜の女が、百人ぐらいたむろしていた。

ムーランルージュが復活したのは、たぶんその年だったかも知れない。ぼくは浦和から東京へ出るたびに、子供をつれて用件をすまし、いくらかの金があると新宿へ出るのだった。子はゆで卵が好きで、和田組マーケットの屋台町へ入ると、咽喉をならして湯気のたつ鍋に向っていった。ぼくは焼酎を呑み、子は卵を喰った。当時の腰掛けはみな粗末な床几《しょうぎ》だった。日がくれても、新宿の雑踏を子といつまでも歩いた。ムーランルージュの看板を見ても、入る余裕はなかった。むしろそこのわきに建った「五十鈴《いすず》」という屋台へ行った。女将《おかみ》は三十半ばすぎた気立てのいいひとで、面長な顔は山田五十鈴に似ているところがあった。ここはムーランルージュの楽屋口に近かったから、はねる頃から、文芸部員や、役者衆が立ち寄るのだった。代はかわっているものの、戦前からいる役者も来ていることがあった。宮坂将嘉《みやさかしょうか》、野口浩介、そのうちに、中江良夫さんがしょっちゅうここに入りびたる姿も見た。もっとも、ぼくは、しょっちゅうここへきたわけでもなかった。月に一どか、二ど、浦和から出るたびに行ったのだが、ゆで卵を喰ったあと、子が外へあそびに出たり、ある時は女将の親切で、奥の間に寝かせてもらったりしている間を、腰かけの隅にすわって焼酎を呑んでいるのだった。

ぼくが、この「五十鈴」の店奥の、わずか六畳あるかなしかの床のひくい部屋に泊ったのはいつころだったろう。春だったか、夏だったかわすれてしまっているが、子を奥に寝かせてもらったまま呑んでいて、終電が出てしまい、腰のぬけるほど酔った夜にきまっている。気のいい女将は、半分はしかたのない顔で、子の眠っているわきにぼくをつれていってくれた。ぼくはそこでボロ布のようになって寝た。文無しのぼくには宿賃はもちろんなかった。朝眼をさましたら、女将はもう起きて、エプロンの袖をまくって洗い物をしていた。女将が、ぼくと子の眠りこけてあとできくと、ぼくは風呂敷包みを一つもっていたそうだ。

いるスキにそれをあけてみたら、襁褓《むつき》につつまれたコッペパンが出てきた、と語った。さて、浦和からそんなパンを持って出たか。三歳の子が襁褓をしていたかどうか。よちよち歩きの子は腹もすいていたから、手をひいての新宿の町歩きも、ずいぶん時間がかかった気がする。

ぼくは、朝帰りのそんな早朝も、陸橋へ登る階段を登ったのだった。陸橋は、焼け野から見るとむき出しになった一本の箸のようにもみえた。橋の上にくると、しばらく立ち止って、せわしく人をのせて走る電車を見るのだった。当時の両側の盛り場は、灰いろの砂まじりの布板屋根で、細い板が押え木に打ちつけてあった。そんなひくい屋台店の屋根が、縞になってみえた。あるいは、ヘギのような木切れをふいたのもあって、そんな小舎には漬物石のような重石がいくつもあって、ころげ落ちぬように竹がうちつけてあった。風にふきとばされぬようにとの知恵らしかった。

ムーランルージュは、そのような小さな店の立て込む盛り場に、昔の敷地のままを劇場にして復活していた。屋根の上に、飾りつけの風車が目立ったがこれが風に廻るけしきを見たことがなかった。

五

頭を剃り落している若いママは、客に剃髪の理由を説明するとき、ふたつだけわすれないでいい足すのだった。

「つまりさ、男が嫌いってわけじゃないんだけどさ、あきあきしたのよね。それがひとつとさ、女って髪があるからそうだってところがあるでしょ。それぐらいじゃつまんないじゃない。剃ってみたらさ、見るものがみんなかわってきちゃったような気がしてさ」

ぼくは客にまじって、この返答ぶりを何どかきいた。が、そういいながらも、充分女であることを誇示しているようにもみえる、鳩胸でジーンズの似あうすらりとした足もとのラッパ裾を地にすらせて、時折り外へ水をまきに出る姿を、三十七、八にしてはずいぶん若づくりだと見ていた。尻の肉ももりあがり、胴のくびれも目立って眼をひくのである。頭さえ坊主にしていなければ、十人並み以上で通るこの女の、奇形ともいえるブリンナーふうのてかてか頭は、当人がいうほどの、すっきりした感じとは別に、どこやら、病的な影をみせるのも、ぼくの気をひいている。といって、ぼくは、惚れているというのでもなかった。昔、子をつれて泊めてもらった「五十鈴」の女将などは、古風な着物を好んでいたし、家政婦のような装《な》りで、いつもエプロンの袖口から白い腕をむきだしにして、一升瓶を片手で器用にもちあげ、コップのうけ皿へ、形よくあふれるほどに焼酎をす早くついでくれたものだった。伝法肌で、物言いも歯切れがよかった。若い坊主頭のママには、そういう風格とはべつの異形さの中に、もう一つの女がたちすくんでいた。

「ここらいったいにさ、パンパンがいたころさ。おれ、そのひとりと仲よくなってさ。そうさな、半年ぐらいいっしょにいたかな。いまよりは、気前もよくてさ、身ぎれいなのがいたんだよな。良家の未亡人ってわけじゃないけどさ。まあ、昨日まで堅気だったのが、一日でプロみたいな化粧してるんだけど、よくみるとそうじゃないんだよ。寝てみるといっそうよくてさ。うちの嬶アよりもいいのさ」

よくここで会う男だった。近くの建築現場で働いているらしい大工で、有名建設会社の組にはいるけれど、内実は下請の親方に給料の頭をけずられて、ぴいぴいだとこぼしていたのが、そんなことをいったのにあきれた。あの当時の、夜の女が買えたのなら、ぼくより金に縁があったのだ。すると、五十はすぎていようが、いやに髪の黒々とした、埃じみた感じが、労働のせいもあって、陽焼けした肌を若く艶ばしらせている。

「旭町にはさ、板塀づくりの宿がいっぱいあったよ。おれ、その女につれこまれていったんだけど、そこが女の根城でさ、小っちゃいタンスが一つあって、てっぺんに、みかん箱ぐらいの仏壇があってさ、まだ新しい位牌と、白布につつんだ骨箱があるんだよな。おれ、それがその女の亭主の骨だとわかったとき、じーんときちゃって、抱けないんだよな。するとさ、わきのさ、隣りの部屋からさ、こっちがわからフシ穴につめこんだ紙の玉がぽろりと落ちるんさ。みんなのぞいてんだよな。おれ、女の顔みてたらさ、かなしくなっちゃってさ……」

それからどうしたのよ。ほんとに何もなかったの、と坊主のママがききかえすと、男は、

「出来たのは、それからあとさ。また街であってさ、そんな時に、そんな気になって、べつの宿へ行ったよ」

ぼくには、やはり新宿で見つけた夜の女と同棲していた田中英光さんのことがうかんだりした。ぼくより少し年上だった英光さんは、花園町の掘立小舎に、その女と世帯をもって、女の天性とも思える放埓《ほうらつ》性に苦しめられて、とどの末に自殺していた。あれも、まだ、新宿の街が、こんなに復興する以前のことだった。ぼくは、英光さんの家へもよく行ったのだが、英光さんが桂子さんとよんだその女は、心もちぼくを捨てたいつ子と軀つきは似ていて、小柄で肥っていても、胴だけは妙にくびれて、乳房が大きかった。顔もいくらかしゃくれていたと記憶する。雀の巣みたいに、パーマをかけた髪が、うしろで箒みたいにひろがるものだから、ターバンをまいて、シュミーズ一枚で、家の外の空地に焼け残った、主《ぬし》のない水道蛇口のわきで洗濯ばかりしていた。英光さんのその家の屋根も、灰いろの砂まじりの布でふかれて、押え木が縞になっていた。ふたりの寝るふとんは、英光さんが召集された時の幟《のぼ》り旗でつくられていたので、晴れた日にゆくと、ひくい屋根から、そのふとんがよくみえて、「祈武運長久」とかいた国旗がつぎ足してあるのがおもしろかった。あるものなら、何でもかまわず出してきて使わねば生きられない季節だった。物のない季節は、どの家も、台所口をあけて、喰い物の内容までを露わにみせて、家々はゴミのように櫛比《しっぴ》していた。

「ムーランルージュを知ってますか」

とその大工にきいてみたことがあった。

「ああ、そんな小屋があったよな。あそこのあたりにさ」

男は、酒のネオンのかかったビルが、しきりにこっちへむけて、換気口の穴から、音を発している三階あたりに眼をむけた。

「おらァ、そんなゆとりはなかったしさ、めったに見たことはなかったなァ」

関心がないようだった。坊主のママにも、この時ではないけれど、ふたりきりだった夜に、ムーランルージュを知ってるかときいたことがある。

「みんながよくいうからね、名前だけは知ってンだけど、あたし子供だったでしょ。いったこともないのよ。有名な人たちが芝居してたんだってね」

もちろん、いまの人々は、この界隈の変りようを眺めても、線路が浮いてみえたほど、盛り場の屋根のひくかったけしきを偲ぶ人は少ないかもしれない。

ぼくは早めにここを切りあげる。それから、盛り場へゆく時は、うらの石段を降りるのだし、世田谷へ帰る時は、陸橋に出て、しばらく線路の南と北を眺めてから、反対方向のタクシー乗り場へ、車のくるのに気をつけながら橋をよこ切ってゆく。夜おそいと西に黒くもりあがる森は、御苑の楠や椎だ。南へゆく線路は森のふかみへ吸われるように消えるが、昔はなかった赤や青のクラゲマークの宿が線路に向けて、ぽつぽつとうす明りの窓をならべている。北は池袋、大塚へ向う線路だ。高層ビルが弓状にえぐれて駅ホームをはさむ夜景は、深い谷のように線路を落しこみ、せわしく満員電車が川を走る。もちろん風車も夜空につき出ていない。

このごろ家にいても、東中野の老医師がつまみあげてみせた鼠のような子を思いうかべる日が多くなった。そうして、あの燭台のローソクがゆらめいていた石炭酸くさい部屋で、ぼくをにらみつけてばかりいて、物をいわなかった細君らしい女の眼が光るのを、陸橋から眺める線路の、窪んだ影に感じたりする。したことをわすれるのが性《さが》なら、一人歩きの夜の闇から、何げない風体のエプロン姿としか思えぬ見知らぬ仲居風の女が出てきてすれちがえば、「五十鈴」の女将か、あの老医師の細君かと立ち止るのも性である。消しようにも消せぬぼくの暦に、風車が灰いろの屋根の波の上に静止してから、何年経つことか。ぼくは五十九になるが、子を捨てた女にはあれからまだ一ども会うていない。

〔初出:「文藝」1978(昭和53)年1月号〕

墨染

一

墨染へこのところ二どばかり行った。

立て込んだ家の裏口にはさまれて谷底のような線路を徐行する電車から、物干や台所がよく見えた。あの頃もそこに墨染の名の駅があったかどうか、めったに降りたことはないから知らなかった。人家が密集するけしきは、奈良へゆく途中に見たのと、深草練兵場に接した輜重隊にいた頃、馬をひいてよく練兵場を往還したが、これは徒歩だったので、電車にかかわりはない。それでも、女が、

「いいとこよ。便利だしさァ。むかしの朱木町《しゅもくちょう》に近いのよ。高台だから見晴らしもいいし」

といったのに誘いこまれた。一どならず、このあたりは行ってみたかったのだった。墨染という名も、どこやら粋《いき》な語感があって、昔から馬糞くさい兵舎のある町にそぐわない気がして

いた。

きみ子は京都へゆけば二回に一どはゆくスナックバアの、馴染みの女がやめたあと、入れかわりにきてまだ間がなかった。昼間は友禅工場の事務をしていて、六時からカウンターに入るのだった。翌日のつとめもあるから十一時には帰った。受け唇の小鼻のややひろがった、小太りの軀つきは、棚のボトルへ手をのばす時など、意外にくびれた胴のしまりをみせ、うす絹のブラウスから透ける肩甲骨のあたりもそう脂肪のあるふうでもない痩せた感じで眼をひいた。

アパートの建つ高台うらにはむかし墨染という太夫《たゆう》が桜の精に化けて男を苦しめたとつたわる巨桜の枯れた根があるそうだった。寺には一夜、参詣にきた女がのこぎりをつかって半分ばかりそれに傷を入れたという、幹ののこりが保存されている、などというのもどこかで聞いたような話なので、「それは尼寺か」ときいたら、

「尼寺かどうかしらないけどさ、小っちゃいお寺よ。幼稚園も経営してるわよ」

といった。きみ子は、ぜひ来て見ぬかと気をひく眼で、用がすめば、一日二日は所在ないままにホテルでごろごろしているぼくのことを承知した顔だった。行ってみたくなったのは、むろん女の誘いもあるが、もう一つ云えない事情もあったのだ。馬に乗る兵科ならまだしも、馬の尻掃除や、寝藁干しにあけくれた輜重輸卒時代の深草でのことは、金輪際女などにいわないことにしている。

二

ぼくが応召したのは昭和十九年の五月だから、ながびいたあの戦さも敗け色が濃かった頃だ。令状の欄外に馬というゴム判が捺《お》してあったのを、不思議に思って来てみたら、予感はあたって、四十六部隊としたその兵舎は輜重隊だった。馬じるしは特務兵へ組みこまれるしるしでもあった。昔の輸卒はその年から名称を特務兵とかえていたが、内容にかわりなくて、いつまで働いても、星は一つしかくれない、万年二等兵の兵科であった。教育班第十二分隊というのが、ぼくの属したところだ。トタン屋根の平家を畑の中に仮設したという感じで、床板のスキ間には草のはえた地めんが出ていた。兵の宿舎は粗末でも、馬の方だけはコンクリートの床にちゃんとした四本柱の建物だった。上等兵の厩当番が交代でいたし、ぼくら不馴れな兵が、入れかわり立ちかわり馬房の藁を表へ出して竹箒で三和土をよく掃いたり、水を流して洗ったりしていたから、こっちの方がいくらか兵舎らしく見えたろう。応召兵はみな屑のような仲間だった。ぼくも肺病が治っていなかった。同じような結核あがりは三、四名おり、製材所にいて電気ノコギリで指をとばした職工、左右自由に首のまわらぬ猪首の男がいたりした。戦局はもう敗けが濃かったのに、南方へまだ送るための馬の調練が必要だとか。その五月は隊をあげて、新馬訓練に忙しかった。新馬は秋田や北海道の産地から、梅小路の駅に到着している。それを、ぼくらは、練兵場をよこ切って連れにゆき、一人に二頭の荒馬を、日暮れまでかかって空の厩へつなぐのだった。

新馬はろくに訓練もしていない上にどれも似たような顔つきなので、到着した夜軍医将校が「敷島」だとか「大八洲」だとかの名をつけて、尻の枇杷《びわ》股の毛のうすいあたりへ、焼判を捺す習慣だった。それで、翌朝まで血のりのかわかぬ尻の痛さもあってか十日ばかりは兵卒らをなめたように手子ずらせた。もとより、馬にさわるのがはじめてだったぼくらは、恐怖こそあれ、軍歌の行進曲にあるような愛馬の気持などなかった。上等兵や伍長、軍曹など、教育をひきうける古兵はいずれも意地がわるく、脅えるぼくらの、尻たたいて、荒馬に近づかせた。それぞれの持ち馬が二頭ずつきまると、天皇陛下の持ち物だから、小さな傷をつけても重営倉入りだと毒づいてみせた。

深草練兵場を往還して、墨染町の家なみを見たのは、これらの新馬をつれてたまに草を喰《は》ませに出る時だった。二頭の手綱をもつのだから、二頭の首にはさまれて、背のひくいぼくは、馬が顔をあげるたび、足もとが浮いた。そんな事情だから、粋な名の感じでもある町すじなどよく見てもいなかった。

馬に弾薬箱（といっても川原の石をつめこんだもので、その頃は荷積みの練習につかう弾薬など内地にありはしない）をふりわけに背負わせたり、輓馬《ばんば》といって、車をひかせる練習も練兵場の草いきれの中でやった。朝早く出て、日が暮れるまでぼくらは週に一どは練兵場ですごしたものだ。クローバーの多い広場は大学のグランドを十ばかり集めたくらいの広さで墨染町の境あたりに、有刺鉄線の柵があった。そこに手をついて日がなこっちを眺める婦女子の姿が見えたりした。メッチェンがおるぜ。あるいは、ベッピンがこっちに何かいいたげやなァ。そんなことを云いあうのも、教官兵の足の遠ざかるつかの間のことだった。足が近づけば、気をはりつめさせて、要領よく、弾薬箱を馬の背へのせたり、鞍下毛布をはたいて、毛穴に玉をうかせる馬の汗をふいたりした。山中という仲間は、猪首でもなくて、尋常なのだった。こんな男がどうして、馬卒にとられたのか、理解しがたい育ちのよい顔つきに思えた。体軀もすらりとして、細面の顔も、ノーブルといえば変ないいまわしだが、馬の尻掃除にはふさわしくない澄んだ眼の持ち主だった。だが、この山中も日がたつごとにぼくらのように眼は窪み、無精髭も生えた。彼はなぜかぼくだけに親しくして接近したが、ある日、練兵場で小休止した際、仁丹くさい息をはいて、ぼくの耳へ小さく、

「あすこに見える二階家だ」

と札《ふだ》の辻の方角、つまり、墨染町とは北にへだたる、やはり有刺鉄線の柵をめぐらせた向うの、簡易住宅風の二階家がぎっしり窓口をみせている方角を指さした。どの家にも物干があった。きまったように、ふとんが出ていたような記憶がある。

「あこに、家内をよんでンねや。手ェあげてるのが見えるやろ、あれや」

ぼくは山中の眼が、この時泣くように光るのを見た。

「きみの親戚の家でもあるんか」

この男は京都の伏見出身だったかと、羨しくも思ったものだ。それで、そうきいてみたのだった。だが、山中は首を振って、

「ちゃうで。わしは近江や。石山や」

とやはり小声でいった。近江石山町なら琵琶湖の南。ぼくも知っていた。そこで学校教員だったそうである。召集令をうけた時に、馬のしるしがあったので、すぐに女房の親戚の者が兵事課にいたのを利用して、部隊のありようを調べてもらった。約二カ月の馬卒訓練をうけたあと、家族との面会日もないままに、七月末編成の暁部隊へ組み込まれ、南方へ向うはずだと召集の目的がわかった。そこで一案を思いうかべて、京都の知人にたのんで、練兵場の近くのよく見える二階家を借りうけて、家内をよびよせたというのだった。大胆なことをしたものだ。ぼくが生つばを呑む思いで見すえていると、

「どうせ、近江におるのも、こっちにおるのも同じこっちゃ。借家さかい」

と山中はいった。馬をつれた兵があらわれたら、物干へ出る約束だと彼はいっていた。もちろん、この話を、訓練中にすべてきいたわけでもなかった。一日は二階家を指さされただけのことで、そこにたしかに物干があって、エプロンかけた小柄な女が、こっちに向って手をあげている姿が見えるのにおどろいたが、その時は女はすぐ消えていた。それから、こっちが、しつこく聞きただして、山中のたくらんだそんなめめしいいきさつがわかったわけだが、教師にしては、おもしろい男だな、とぼくは思いもし、半分はうらやましいような興味をもった。

ぼくらは福井、三重、長野、滋賀から概ね狩りだされていた。第二国民兵役の年輩者が多かった。上は四十歳の大工もいた。女房持ちが大半なのだった。山中は当然年齢はぼくより上だったろう。三十はこしていたと思う。

六月三十日早朝、ラッパが鳴って、営庭に集合したのはまだうす暗い時刻だった。中隊長の中佐が正面の壇上にあがって第一、二、三小隊の出発をつげた。第四小隊だったぼくらは出発組からのがれた。山中二等兵は第二小隊だったため出発組にまわっていた。彼のしらべた通りになったのだった。陽の出る頃に、厩から、いくらか訓練でおとなしくなった新馬がえらばれて出された。山中たちは、車輪のわきに四名ずつつき、四頭立ての馬に一車輛をひかせ、じぐざぐの列をいつまでもまごまごとみせて営門を出ていった。ぼくらの方へ手を振る兵もいたが山中ではなかった。それから、ぼくらは、また空になった厩へ、梅小路の貨物駅でうけとった新馬を入れて訓練した。

ぼくは梅小路に向う時、隊列が札の辻町と、練兵場のあいだの道かたに、丈高いクローバーのこぼれむらがるのを眺めながら歩いた。気づいて例の二階家のあたりにきた時、物干を見ようとしたが、遠くからみていた家は、近くから見たのでは見わけもつかなかった。女が手をふっていた家はどこだろう。間借り女だから表札もなくて当然だった。似たような、家の表口を歩くのではよくわからない。

山中とはもちろんその後会わなかった。その日から二どばかり、ぼくは練兵場へ出たが、やはり、二階家の物干に出ている女を見た。台湾海峡で暁部隊の輸送船が沈没したニュースを知るのは、除隊後で、つまり、敗戦になって昔のことが知りたくなった頃の友人からの消息である。ぼくら第四小隊員は、自宅待機で、八月一日に教育解除になった。山中の生死をぼくは知らずにきている。

三

きみ子のアパートへ行った時、二階の東南の角部屋だというその部屋へ、希望をもって上ったのだが、あいにくと、練兵場跡や、兵舎の残骸ののこっているとつたえられる四十六部隊のあたりは見えなかった。

「物干はどこにあるの」

とぼくはきいた。

「屋上よ。おかしな人ね」

きみ子がいぶかるのも無理はなかった。モルタル造りの、安っぽい木造建築に、うす壁が化粧されている上に、これもふきつけの塗料で、ところどころしみが出ている。そんな廊下の、漬物桶と下駄箱の出ているうす暗いところを、とっつきのドアまで出るのにそう時間はかからなかった。家着の袖なしブラウスに、これも洗濯用でもあるのか、膝がしらのすりきれたジーパンをはいて、裾を少しぬらしたきみ子が、手をふきながら案内してあがる物干は、廊下を出た外からすぐ鉄板を組み棒にさしこまれている簡易階段だった。上りきると、屋根瓦の上に、六畳ぐらいの広さはあろうか。スノコ板のわたされた物干場である。歩くとがたびし音がしてゆらいだ。腰高の手すりに住人らが先を争って干しならべたと思われる、下着、シュミーズ、むつきの類がパイプに通されて名札もあった。

「どこ見るのさァ、あすこが墨染寺よ、あんた」

きみ子は反対側を指さしていた。波型のトタンにこれも安っぽい塗料をぬったものが垣になっていて、幼稚園らしい建物はあるが、それらしい寺のような屋根はなかった。わずかに空地のみえるところからはじけるようにオルガンがなり、子供らの唄う声がした。ぼくは西の方を眺めた。練兵場はもちろんなかった。R大学の校舎が占拠した旧広場はクローバーもめくられて、すっかり相貌を変え、校舎に接近して工場のようなものも建ち、そこから南はぎっしり立て込んだ住宅だった。練兵場跡はおもかげもなくなったとはきいていたし、将校集会所だけのこして、そこに「旧墨染輜重連隊跡」とした木標が建ったと、世話好きな友人の送ってきたガリ版刷りの「すみぞめ」という小冊子にあった。だいたいの様子は想像してきていたが、こうまで変ったとは思いもよらない。もっとも、きみ子の案内してくれた物干は、変った兵舎跡の全容が望める位置でもないのだった。途中に、高い鉄筋マンションもたち、大学の塀が高くのびてもいるので、どこが兵舎跡やら、さっぱりわからない。

「昔ここにきたことがあったんだ」

「あっちの方？」

物干の竿に片手をのばすきみ子の腋のちぢれ毛がうすくみえる。その毛の下あたり、札の辻の二階家があった、昔の黒ずんだ瓦の町がうかんだ。クローバーはもりあがるほどに生え混んでいた。隅の有刺鉄線近くへゆくと、ゲートル巻いた編上靴の足は草にうまった。山中は、馬をひいて行軍するときは、なるべく、有刺鉄線に沿うてそっち側へまわることをわすれなかった。仲間の誰にももらさないで、ぼくにだけひそかにいったのだった。間借りさせた妻と眼だけの逢う瀬をくわだてたことを。教師は五月の陽照りの下で、青白い額に汗をにじませて、あまり口をきかない性分だった。渋面をつくったようにしかめた顔をしていた。

「腹が大きいんや」

と彼はある日いった。気をつけてみた。手をふるのが見えたけれど、物干でのエプロン姿には、妊んだ女の詳細は判りにくかった。ただ、片手をあげて、シーツを干した手前で精一杯立ちはだかるけしきは必死で異様とも思えた。そこに置き物がある気がするほどに、手をあげたまま動かなかった。

死んだ仲間は山中の隊ではなかったが、第四小隊の、ぼくの隣り兵舎の教育班にいた土屋だ。水咳《すいがい》といって、夕刻に、馬房のわきにあるコンクリートでつくられた水呑まし場へ、二頭ずつの持ち馬をつれて出る。水をあたえる時間は、うす暗くなりかける時刻でもあるので、兵の誰もが腹もへっていた。けわしい表情で、水咳をいそぐ。早くわりこまぬと、頭を二つコンクリートの水場へつけ、枇杷股は何倍も大きい馬のことゆえ、なかなかに割り込めぬ。馬の方もまた腹をへらしているから、いらだった。くせ馬は、水をきらい、手づなをもった兵もろともひきずり、うしろ向きに、つまり、隣りの兵の持ち馬に尻をむけて、仁王立ちになったりした。土屋が放馬したのはその時で、仁王立ちになった彼の持ち馬は、一頭は左へ一頭は右へ割れ、ぶら下って浮いた土屋を一頭がひいたまま、廐前の広庭へ猛り出、手づなを放すと放馬罪になるので一頭だけは放すまいと死にもの狂いでしがみつく土屋を、蹴とばしていた。土屋の軀は一瞬宙にうき、地めんにたたきつけられたが、かわいた土にひろがる血の色は夕焼けの下で赤かった。下顎から蹴りつけられて、土屋の顔はみごとにくだかれ、鼻をもがれた土屋は失神している。戸板にのせられて、将校集会所よこの医務室の方にはこばれていった。

土屋はまもなく死んだのだった。そのことは、夕食後、教官から告げられた。気合いがぬけていると、いつくせ馬に蹴られて死なねばならぬかわからない。天皇の持ち馬にも、調練のゆきとどかぬのが多いゆえ、充分注意を払って守護せよ、というのが、報告の趣旨だった。ぼくらは一銭五厘で召集されていたが、馬は一銭五厘では梅小路へつかぬとは、教官たちの口ぐせだった。

「あっちの方にいたの」

ときみ子はまだきいている。

「うん」

ぼくはそういっただけで、たぶん、墨染輜重連隊跡の木標のあるあたりにちがいないのだが、しきりに煙突から黒けむりをふき出すメッキ工場のような灰色の建物があるのに眼をやっていた。

「いつごろいたのよう」

きみ子はまたきいた。ぼくが黙っているので、きみ子はさらに、

「女のひとのいたところでしょ。きっとそうよ」

ともいった。

四

二どめに行ったのは、きみ子がそのスナックバアをやめて間もないことしの秋末だった。ぼくは、R大に所用があって出かけたのだったが、用件のすんだのは、もう夕刻近かったので、墨染の町の方へ歩きかけて、きみ子がべつの店へつとめているなら、アパートへ行っても留守にちがいないと思い、しばらく、大学前の通りを南へもとの練兵場の有刺鉄線のあったあたりへ行ってみた。校舎がきれ、元練兵場の中央あたりへのびるアスファルトの六メートル道路が、黄ばんだ葉を半分ほどのこして、街路樹にはさまれて先細りにうす闇を貫いてゆく。その樹の下を歩いた。ぼくは、付近の町へ眼をやって目測しながらこのあたりで山中たちと、小休止したんだなと思った。もちろん土屋もいた日もあった。ぼくはそこから、墨染のきみ子のアパートの方向も見た。高台なので、それらしい建物は、昏《く》れなずむうしろ山を背にぼんやり浮いて

みえる。

「おかしい人ね。抱いてゆけばいいのにさ」

あの日、きみ子は部屋に一時間ほどいたぼくが、インスタントの雑煮を喰い、罐入りビールを呑んだだけで何もきり出せずにいるのを誘うのだった。ぼくは、何もせずに帰るつもりでいた気分をこの時急にはぎとられて、きみ子が眼をほそめて半身をみせる肩を抱きにいざった。

「あんた、女たらしよね。伏見にまだ女のひとつくってたのよ。そうよね、きっと」

物干で何どもいっていたことをきみ子はくりかえして首をまわして口をつき出してきた。女にちがいなかった。しかし、その女はエプロンで大腹をかくして必死に手をあげていたのだとぼくは三十年前のことがいえなかった。山中の出発も知らずに、あれから、残ったぼくら第四小隊員が、練兵場へ馬をつれて出るたびに若い妻は物干台に出ていた。ぼくは、女があの朝、ラッパをきかなかったのだろうか、とその時思ったのだった。きいたにしても、夫の出発だったことに気づかない様子もあわれだった。誰だって、さだかでない遠い眺めを、わるい方にうけとる者はいるまい。

きみ子は二十三だといっていた。高知県出身のこの心もちあぐら鼻だが、男好きのする顔だちの娘は、男をおぼえて間のない感じがあった。ぼくのような旅人の中からなるべくあとをひかぬような男をえらんでは淋しさをまぎらわせているふうで、心地のよいくずれの光る眼をしていた。気のいい女にいれてよかった。

ぼくは昏れてしまった墨染の町を、それから三十分ばかり歩いて、いったんは思いとどまっていたきみ子のアパートを訪ねることを、よい方へ思い直し、つとめが変っても万一いるかもしれないという予想で、少し急坂になる道を、踏切をこえて登っていった。

ふり仰ぐと、アパートの角部屋に灯はなかった。子供の干し物が窓にあるので、階下の管理室をのぞいて、折から時分どきでもあったから、台所にいるらしい無人の事務室へ声をかけてみた。きみ子は越していた。四十年輩の瓜実顔《うりざねがお》の女は、あの人は高知県へは帰っていないはずだと、何どかたずねにきた男に対した眼をぼくにも投げて、微笑するのだった。黙っていると、女は焼魚の匂いのする奥へ不機嫌に走り消えた。

せめてふた間つづきで、風呂つきのアパートへうつりたいというのが、店のカウンターにいた時の彼女の口ぐせだった。その店をやめたのだから、越した先もさがす手だてはない。

その後ぼくは墨染へ一ども行っていない。

〔初出:「海」1977(昭和52)年12月号〕

また、リヤカーを曳いて

きみの八月十五日はどういう一日だったかときかれるたび、友人の細君をのせたリヤカーを曳いて、若狭の勢坂をのぼりつめていたとこたえるしかなかった。友人はぼくの生家のある部落へ疎開してきたYで、疎開の翌日召集をうけて横須賀海兵団に入った。細君と二人の子が部落にのこされていたが、食糧事情の窮迫から、芋の葉やズガニを喰ってばかりいた。ズガニは泥川にしかいなくて、生臭かったのでぼくらでさえ喰わなかったものだが、都会からきた人たちは、女たちまでが川へ入って捕えては喰った。指に毛のはえた大きいヤツは、甲はげんこつの二倍ぐらいあるのもあり、巨大な二本のこれも毛のはえたはさみをもっていた。川にいる時は土いろをしていたが、ゆでると朱色になった。Yの細君はこのズガニが好きらしかった。あるいは、こんなものでも子供らの手前うまそうに喰ってやらねばならなかったかもしれぬが。とにかく子供らをつれて日がな、バケツをさげて川へ出ていた。そんな喰い物が因《もと》だった。八月十三日の夜発熱してはげしい吐瀉《としゃ》をはじめ、うわごとをいった。その時はチブスだなどとはわかっていない。六歳の男の子が、四歳の女の子とならんで母親の枕もとにいた。娘の方が洗面器にひたしたタオルをとりかえては母の額にのせていた。細君は迷惑かけて申しわけない、とぼくにいう口もとにまだ力はあったが、深夜になると眼がとろんとしてきて、熱は九度近くなって物もいわなくなった。駅のある村まで父に自転車で医者をよんできてもらったが、十四日の午ごろチブスだとわかって大騒ぎになった。役場から腕章はめた男が便所の消毒にきた。男たちは手分けして、隣接、七、八軒の井戸へもクスリをまいたので、細君に部屋を貸していた弥左エ門という(これは家号だが)父母が早死して姉娘が世帯主だった家も部落から指弾をうけるかたちになり、役場の男らは、家主の姉妹を親戚へ隔離させた。間借人に追いだされたと世帯主がうったえたので区長の配慮でYの細君はぼくらの村から三つ目の海岸線の駅のある小浜の隔離病院へはこばれることになった。駅へ走った父は、伝染病患者には切符を売らないといわれて帰ってきた。それで、ぼくは代用教員していた学校を休み、十五日の朝七時ごろ、父とふたりで、Yの細君をリヤカーにつんで村を出たのだった。リヤカーを曳いて、小浜町まで約六里の道を、海岸ぞいに歩いた。岬の多いこのあたりは、坂をこえるとせまい谷がきて、その谷をわたりきるとまた坂になるといったあんばいの、赤土の出た切り通しの多い道だった。九十九折の急坂もあった。細君は熱はさがっていなかった。ふとんを敷いて、ひとりが交代で入って曳く把手の側に枕を置き、高まくらにして寝かせていたが、十五年ごろまで東京でダンサーしていた細君は均勢のとれた長身でもあって、ふとんの下に板を三枚わたした上に足をつき出していた。わきに炭半俵、七輪、米、野菜、それに着換えも積んでいたので、リヤカーは重く、坂にさしかかると、敷板の端が地めんにすれてケリケリ鳴った。

当時玉音とよばれた天皇の声は、正午に全国のラジオをながれたそうだ。生家は電燈もないランプだったので、もちろん電線がないのだからラジオはない。部落にいても、声はきけなかったわけだが、どう記憶をあらためてみても、正午の、つまり太陽が頭の上にあった時点には、高い勢岬の九十九折坂をのぼりつめていたのだった。玉音などきけもせぬ。汗だくで、リヤカーを曳いていた。

ぼくはこのあたりのことを、「リヤカーを曳いて」という小篇にしてすでに発表しているので、くわしく云いたくないのだが、この小篇の終りの方で、この日の若狭の海は遠くまで凪いでいて、岬の下の岩場の磯に寄せる波も塩をまいたように白くて、八月の陽はいつもなら紫紺色にしずんでみえるのに、錫いろに浮きあがっていた。ただそれだけのことで、この風景には、ながかった十五年戦争の終結が、天皇の声で告げられていたなどとは無関係の、いたって長閑かな光りがあふれていたと書いている。そして、

「人はこの日のことを歴史的な日だとか、七千万国民慟哭《どうこく》の日だとかいうけれど、自分にはそんな思いはしなくて、ただ、真午の陽の下にひろがる海を眺めながら、痔瘻のため、しょっちゅう尻へ手を入れては突起物をおさえないとリヤカーをひけなかった父を、うしろへまわらせ、ぼくの方は、把手の内側へ軀を入れて、一時も早く友人の細君を避病院へはこぶべく急いでい

た、そんな風景をおぼえている。八月十五日はつまり歴史的な日だなどといわれても、具体を生きる人にとっては、一枚のスナップ写真で事足りるのではないか」

と書いた。この考えはいまもかわっていないが、ところでこの小篇（十枚ぐらいだったか）を入れたぼくの本が数年後に出て、読まれた中野重治さんが、ことしの四月だったか、ある会合で同席した卓の向うからぼくに、

「あれはおもしろい話だったが、少し端折《はしょ》りすぎて、あとどうなったか知りたかったね」

といわれた。そのとおりの言葉ではない。中野さんの物言いには独特の調子があるので、いわれたとおりのふうには書けぬが、耳に入った声は、かなりざわついた席でもあったため大きかった。ぼくは日ごろ畏敬もしている中野さんから、なつかしげにそういわれて、ふきあがる嬉しさと、それに加うるに、ぼくのくせのようなものだが、上気して耳が遠くなる。この時何とこたえたか、ただ顔をあかくしてうなずいていただけかとも思う。

「あんなことはあったね。あとやっぱり、あの場合、いろいろとあったね、どうなったか」

中野さんの話はそれだけだった。ほかの人がべつの話題を投げたからでもあるが、そっちへ中野さんは顔をむけられていた。ぼくは会合から帰って、「リヤカーを曳いて」を読みなおし、なるほどと合点がいった。正午の、つまり、天皇の声がラジオにながれていたころ、リヤカーをやすめて岬の端から海を眺めていただけでは、八月十五日のぜんたいとはいえまい。ラジオは当然きかぬまでも、正午からそれでは、その坂を降りて町へゆき、避病院でどんな目にあっ

たか。どんな思いで、いつ敗戦を知ったのか。そんな重要なことはみなぬけている。

避病院と、たしか父もいっていた。小浜町立隔離病院は、西のはずれの畑の中にあった。そこは西津とよばれていた。で、ぼくらは避病院のことを西津病院ともいっていた。勢坂を降りきると、しばらく山だが、端をまがったあたりから湾曲状にえぐれた港がうかび、町家が堤防に沿うて細長く立て込んでみえる小浜全景があった。ぼくらが、細君を曳いて町へ入った時は、通りに人影は殆んどない、といってもいいぐらいで、軒のひくい、庇《ひさし》の出た商家の櫛比したアスファルトの道は白くかわき、両方の家なみの影がいやに黒かった。父とぼくは時々ひき手を交代しながら、町通りをぬけたが、商店街のことだから、町に人影はあっても、こっちを見てはなしかけてくる人はもちろんなかった。父もぼくも町に知人は少ないのだった。それに、病人らしい女を積んで、鍋釜、七輪、炭俵まではこんでゆくのだから、一見、ゆく先は知れるゆえ、すれちがっても、無言で気の毒そうに見送る人にはこっちから声をかけたい気はおこらない。あとで考えると、歴史的な玉音をきいた直後の町の人たちのはずだった。どうして、人びとはあんなに無表情に見えたのだろう。もんぺをはいた年輩の女が、時に店から外へ出てきたが、すぐひっこんだ。八月さなかというのに、防空カーテンを半分ぐらいあけて、どの家も硝子戸はしめている。

ぼくらは大川に架った橋をわたった。町は川で二分されており、橋をわたると、また同じような町家がつづいてゆく。海は左手にあって、川岸に倉庫や、漁業組合の建物や、警察やがあった。そんな官公署の建物にも、よごれた迷彩化粧がきたならしくのこり、四角い屋根だけが陽に輝いているのだった。末広がりの河口が橋の上から見えた。家の裂け目からのぞく海には船はなく、いつもなら発動機の音をさせている船の一、二艘はかならず岸へ腹をよせているのが。そこに船はあっても音もたてず置き物のように静止していた。

西津へさしかかるころ町家はいくらかまばらになった。左手に石垣をわずかにのこす城廓跡。右手に馬鈴薯畑がひらけていった。病院へゆく道は、その畑の中をゆくのだった。陽かげがなかったので、ぼくは汗だくで、六十歳の父も股ずれをおこしていて、しょっちゅう、リヤカーとはなれては、しゃがんでバンドをゆるめたズボンの中へ手を入れていた。馬鈴薯畑を出ると、キビ畑にかわり、垣根がわりに植えられたとうもろこしの丈高い葉の向うに、避病院の建物が見えた。ぼくらはいいかげんな気持になりかねないぐらいに疲れ切っていた。股間もだが、脇にも、背にも汗はながれた。カンカン照りの砂ぼこりの道なので、這いあがるような地熱がむすのである。眼くらみそうだった。畑に出ている人はもちろんなかった。

「小浜町立西津隔離病院」と白杭に墨書したよごれた標示のたつ辻にきて、ぼくらは、リヤカーをひいて病院の方へ折れた。平家建ての病舎は、二棟あって、棟をつないでいる中央の建物が事務所や、医務室であることがわかった。正面に粗末な花壇があった。頭をたれたダリヤが葉をたるませて眼をとらえたが、花などを、ゆっくり見ておれる余裕はなかった。父が先に立って、玄関入口へゆき、声かけると、窓ごしにのぞいてでもいたらしい、四十がらみの痩せた女が、洗いのゆきとどかぬ鼠いろの白衣を着てあらわれて、何か声高にいっているのがきこえた。父はしきりに頭を下げていた。ぼくは、Yの細君に、ようよう着いたぞとか、ぐあいはどうとかいいつつ荷をおろしていたので、父が何をいわれているのかきけなかった。あとで、わかったが、病院当局は、電話ですでにYの細君の発病をうけており、なぜか女は不機嫌で、時間がかかりすぎたことを怒るのだった。

「歩いてきたもんでのう」

と父はいったそうだ。女は、かりに歩いてきたにしても、早朝六時に出て、正午をすぎてもまだ到着せぬ時間のかけようは、尋常でない。伝染病患者を、高熱のまま、時間かけてはこんできたことへの不満だったようだ。父は痔が出るので人いちばい時間がかかったとは、いわなかった。まるで、病人を冷酷にあつかってきたようにもきこえたので、

「途中の谷でかげ地へくると、湧水《しょうず》をさがしてぬれタオルをかえたでのう」

と父はいった。事実、溝の水はぬるま湯になっていたし、谷へくると水音のする奥へ走って、まむしに気をくばりながら細君の額のタオルをかえてきたのだった。

看護婦長らしいその女は、ぼくがリヤカーを入口によせると、父があとでいった鴉《からす》みたいな（というのは誇張だったにしても）浅黒い陰険な眼を光らせ、

「あんたらは、ここからうごかんでください」

と足どめして、三和土に待っておれというのだった。しばらくすると、いつ用意ができていたのか、左手の奥の廊下から、鉄製の車つきベッドを押してくる、やはり、よごれた白衣を着た女が二人いた。三和土から一段高くなった上りはなすれすれへそのベッドを横づけにすると、ぼくのリヤカーの方へきて、ぼくにとも、細君にともつかぬ物言いで、

「歩けませんか」

ときいた。Yの細君は、涙のかわいた眼じりに、また新しい涙をにじませてぼくの方をみていた。ぼくは、二日前から泣きからしてきている細君の胸のうちもわかる気がした。いま、またここへきて新しく泣く気持もわかった。ぼくは看護婦たち(二人とも婦長らしい女よりは若くて、ひとりはずいぶん肥っていた気がする)の方へゆこうと思ったがうごいてはいけないといわれているので、父と立って見ていた。二人の看護婦はYの細君を両側からはさんで手をかしてリヤカーからおろし、細君ははだしのままで、ひきずられるように三和土を歩かされて、ようようのことでベッドにつかまった。彼女らは、ズック靴のままだった。やがて細君をベッドへ横にならせると、ぼくらの方を見ないでひいていった。この時もち重りしてきた感覚が、ぼくの肩と足の筋肉から落ちる気がした。父もぼくも顔を見あわせた。奥へ入っていた看護婦長らしい女が、バケツをさげてきた。

「これで手を洗うて、あがって下さい」

邪険に三和土へおく。のぞくと、黒い汁にういた乳いろの渦がみえ、石炭酸くさい激しい臭

気が鼻に迫った。父とぼくは手を入れて洗った。

「水が呑みたいな」

と父はぼくの耳へささやいた。もちろん、水などあるわけもなかった。ぼくらはあきらかに、チブス菌を保持していないかと疑われていたのだった。靴をぬいであがると、父だけが事務所によばれて行った。四十分ぐらいかかったろう。やがて、父は出てきた。その時、もう、Yの細君は、左手の病室の方へ二人の看護婦に押されて、ベッドとともに消えている。

ぼくらはもどってきた痩せた方の若い看護婦の案内でYの細君のいる病室へ行った。それは一見学校のような建物だった。廊下から片方は庭がみえて、病室は、まるで腰板窓の教室だった。どの病室にも、ベッドがならび、三、四人の病人と、まわりに、しゃがんでいる男女がいた。ぼくらの足音でこっちをにらんでいる。一見、近在の農家からきたと思われる年輩の女たちばかりで、ある部屋には子供を背負って立つ女もいた。面会者なのか、附添者《つきそいしゃ》なのか、さだかでない。あとで考えると、隔離病院に、こんな家族がいるというのも不思議な気がしたのだが。

どの顔も、ぼくらの方をみてすぐ眼をそらせた。そしてひそひそ声で何かいいあっているふうに思えた。ぼくらは、つき当りの部屋にきた。Yの細君は、壁よりの方にいた。ならびに、ベッドは窓に向って四つあり、いずれにも、寝た患者がいた。

「あそこにおられます」

と看護婦はいった。硝子障子へよると、Yの細君が寝巻の襟へ細い手をのばし、中指でおさえている。こっちへ、会釈したようだった。わきに肥った看護婦がいる。

「完全看護ですからね、安心して下さい」

痩せた看護婦はそういうとすぐ、ぼくらを玄関の方へ向うようにうながした。ぼくは一瞬、不安になった。細君の方をみて手をあげた。泣いているぞ、とまたぼくには思えた。首を少しあげたようだった。

炭、米、味噌、野菜、その他の、母が出がけにリヤカーへのせたものはすべて病院事務所で、べつの賄婦のような女がきて持ち去ったので、リヤカーは空になったまま三和土に陽をうけていた。ぼくらは石炭酸のバケツがまだ置いたままになっている上りはなで、誰かに挨拶しようと思ったが、婦長も出てこなかった。

「あれは患者やないで。あんなとこに、大勢寝よるようやったが、疎開者やないやろか」

父が玄関でささやいた。隔離病院へ、子をつれた女たちが、たむろしていた一室の光景が不思議だった、と父はいつまでも語った。ぼくにも、いくらか異様に見えたことは確かだが、さほど気にもならなかった。あとで考えると、鴉のような女だったという看護婦さんも、やせたのと肥った看護婦さんも、正午の玉音で敗戦宣言がなされたことについては何もいってくれていないのだった。当然だったろう。途中のどこかで、そんな重大なことなのだからきいて知っていたと思われてもしかたがないことだった。

暢気な父子だ。またリヤカーをひいて、ながい戦争がすんだとも知らず、とうもろこしとキ

ビ畑のあいだの埃道を歩きだした。その途次、

「リヤカーは駅前の自転車あずかり所へあずけて、汽車で去《い》んでもええが、どっちにするかのう」

と父。

「わしも、けつが痛むで、また勢坂をいぼおさえおさえひいてゆくのんはつらいでのう」とまた父。

「すると、お父っつあは、また、自転車でとりにこんならんが、それでもええか」と私。

「誰ぞ、町の者で、荷を積んでくる仕事があろうで置いといてもええわ。淡井町の古田にたのんでまたさがそ。村へ去んでからの相談じゃ」

「ほな、そうすっか」

淡井町は浜に近く、父の姉がいたが故人だった。家だけはあった。ぼくがひいて、父だけを汽車で帰すのも方法だったかもしれない。まだ穫り入れもきていなかったし、母も山仕事の毎日だからリヤカーはあそんでいた。

ぼくらはまた大川をわたった。やがて町へ入ったが、空のリヤカーなので足もいくらか早いのだった。

駅前にきて、父は顔見知りの自転車屋にあずけ、ふたりは身軽になった。弁当からだけもって広場をよこぎって構内に入った。時計を見ると四時少しまわった時刻だった。父が切符を買う間、待合室にいた。ベンチに二十人ばかりの年寄りや女がすわっていた。近在の者や都会人

らしい顔があった。みな防空頭巾をうしろへたらして、血液型をしるした布を胸にはり、男はゲートルをまいていた。ぼくはそれらの人が、まるでそこにへたりこんだようにベンチに腰をおとして、仲間にだけぼそぼそはなしている姿を見ていたが、この時、広場の方から入ってきた背広姿の男がぼくに向って早足でくるのがわかった。外を背にしているので、とびぬけた長身男だなとわかるだけで、顔も服もシャツも黒いのだった。

「××先生」

ぼくの名をよんで、その男は前にきて股をひろげて立った。先生とよぶのは学校仲間にかぎられていた。すわったまま見仰いでいると、この春の助教講習会で一しょだった森次という、ぼくのつとめる学校の村から、逆に小浜小学校へ通ってくる師範出の教師であることがわかった。

「すみましたぞ。とうとうすみましたぞなァ」

と森次はいった。

〈すみましたなァ〉

ぼくはそううなずいた気がするのだが、リヤカーをあずけてほっとしたところだったので、思いは、横須賀海兵団に入ったまま、消息をたっているYのことに走っていた。とりあえず、細君を病院へ送りとどけ得たことについての安堵がまだつづいていた。森次は黙っているぼくの顔をうかがうようにはなれて、空いた窓べりの席へ歩いていった。わらっているようにも見える、背中のうごきだった。

あれが、戦争がすんだという最初の報らせだったはずだと思うのはずっとのちのことだ。講習会で会ったきりでしかなかった、同僚というにしては、はなれすぎていた仲間が、八月のまだ陽照りで、焦げていたような駅前広場を背に、うすら笑ったあと、ぼくの前から別の席へ歩いてゆく、黒い翳が印象的である。父は切符売り場の方にいて、これも黒い姿で歩いてきて、ぼくに切符をわたすと、待ち時間がまだ十分ばかりあるから、いそいで便所へいってくる、と外へ出ていった。

小浜駅の公衆便所は、広場の東隅の貨物扱い場に近い、貯木場に接していた。父は痔の処置をするにちがいなかった。

この父も先年死んでこの世にいなくなった。森次も肺病で長い入院生活ののち、死亡している。またリヤカーを曳いて、避病院から駅前にきて、そのリヤカーと分れたぼくの、この日のまひるの記憶は、いつまでも黒い人のうごくけしきである。風景だけが、鮮明にある。不思議のようにも思えるが、森次以外とは誰ともしゃべっていない。やっぱり村へ帰って、敗戦を知ってびっくりしたのだ。

〔初出：「世界」1978（昭和53）年1月号〕

ながるる水の

一

先ごろ逝《な》くなられた長沼弘毅《ながぬまこうき》氏の『鬼人宇野浩二』(河出書房新社版)に入っている「真説『思ひ川』」なる文章は、宇野さんの晩年の傑作といわれる「思ひ川」の女主人公、村上八重さんのことを書いたものだが、文中によくぼくの名が出てくる。ぼくは宇野さんには、信州松本の疎開先におられた頃から親しくしてもらって、昭和二十二年に本郷森川町の家へ越されてからも、口述筆記や、使い走りをしたので、当時九段で「三楽」という料理屋を経営していた八重さんの所へはよく行った。用件は手紙好きだった宇野さんが、八重さんにあてた手紙を、ポストに入れるのではまだるこしくてか、あるいはほかに事情があってのことか、直接ぼくに手わたしてほしい場合だったときや、また八重さんに贈呈したい新刊本が出たときなどで、使いの主なことはそんなことだが、時には宇野さんと一しょに「三楽」の奥の小ぢんまりした部屋で食事をごちそうになったりした。

八重さんは、いかにも水商売を生きぬいてきた人といった感じのする、しゃきしゃきした性格であった。五尺一、二寸の小柄ながら、肉づきよくうしろへ出たお尻や、鳩胸で背すじがいつものびていて、ぺたぺたスリッパを音だてて歩くところや、うけ唇のしまった口と、涼しげな眼をしておられたことなどがいまも印象ぶかい。だが、宇野先生の使い人にすぎなかったぼくに、彼女がこれといったことをしゃべったり、あいそよく話しかけてくるのはのちのことで、先生の生前にはめったになかった。料理屋の女将であるから、ぼくが訪ねる午すぎは、この種の商売の一服どきでもあって、常連客で、しかもながい恋仲の作家に随行してくる貧乏くさい書生とも何ともつかぬ男に、あいそよくもしておられなかったろう。だがそれも、ぼくにとって格別冷酷だったということではなく、たとえば、手紙なども、ぼくが宇野家を出ると、すぐあとから電話で、宇野さんがこれこれだからと八重さんに報らせておられて、「三楽」へつけば、もう女中の応対するうしろから足早やにあらわれ、手紙をすばやくうけとり、内の者に気づかれぬように、早口で「ご苦労さん」といってぼくを帰した。

「思ひ川」を読めばわかることだが、村上八重さんは、名古屋出身で、富士見町で芸妓《げいぎ》に出ていたころ宇野先生と知りあい、大正十二年から、昭和三十六年先生の逝去に至るまで、「夢みるやうな恋」（宇野先生自身のことば）をつづけた相手である。およそ男女が、どちらも妻なり、旦那なりをもちながら、初会当時からの恋情を四十年ももちつづけて交際するなどということは、ぼくなどには気の遠くなるような話であり、歳月である。しかしそれが、宇野先生と彼女にはあったのだから、「思ひ川」が傑作といわれる一方で、題材の奇異さも話題になったと思われる。長沼弘毅氏も、大蔵事務次官を最後に官界を退かれたあとは、悠々の生活らしかったが、役人当時からの縁がつづいて宇野さんとも、八重さんとも両方に個人的なつきあいがあった様子で、ふたりの「夢みるやうな恋」を、宇野さんが仲間うちの作家には見せなかったべつの顔をもとらえて、独自の眼でその恋の事情を詮索している。手柄は何といっても、宇野さんが八重さんに出された恋文の公開にあるが、いったい、どうして、こんなたくさんの私信を、長沼さんは八重さんから入手したものか。事情はわからぬものの、ぼくなど、恋人にあたえた手紙をあられもなく公開されてはたまらない。だが、そうはいっても、それらの手紙（中にはぼくがはこんだものもあるので）から、宇野先生が八重さんに抱かれていた思いの内実があぶりだされてくるのに興味がある。この興味は、多少は宇野先生への痛々しさを感じさせないではないが、いまは亡き先生への格別の思いもうちよせる。また長沼氏の文章は、「思ひ川」では書かれなかった、つまり戦後の、やはり小説とおなじような恋とも、友情ともつかぬ二人の仲のよい経過をくわしく報告するので、「真説」でもあろうけれど、「思ひ川」以後の、「思ひ川」の感が深い。ぼくもまた文中に登場しているのだから、脇役といえば大げさになるが、使い走りした者の、また格別の感懐がないでもない。

二

村上八重さんが新橋へ進出したのは、昭和二十五年ごろだった。最初はいまの「米村」の場所ではなくて、高速道路に接近した昭和通りに近い角の黒板塀の家であった。以前料亭だった所を八重さんが買取って開業し、「米村」と名のった。ここへは、宇野先生もよく行かれたし、ぼくも同道した。使いを二、三どしたこともあった。その頃は八重さんには、藤野さんという夫君がいて、事業もうまくゆきつつある時期で、活気にあふれていたように思う。

ぼくが個人でというと変ないいまわしになるが、八重さんと話するようになるのは、先生の逝去後、つまりこの黒板塀の家から、八重さんがいまの新橋演舞場前の四階建ての鉄筋建築「米村」に越してからである。この建物はいまでこそめずらしくはないが、和風の旧式建築の多かったかいわいではよく目立った。鉄筋の内側をすべて和風に装って、地下にバアも設けたりするあたり、当時としては新しい茶屋経営といえたろう。宇野先生の逝去は、昭和三十六年の九月だから、ぼくがここへ最初にいったのは、その年の秋冬かあるいは翌年だと思う。ぼくは、これもいまは故人となられた鷲尾洋三さんに紹介されて食事にいった。もちろん、九段時代からの八重さんを知っているのだから、紹介もおかしなものだったが、鷲尾さんに誘われて一瞬は尻ごみしたように思う。

「『思ひ川』の八重さんのところですよ。あなたには縁がないとはいえないんだから」

鷲尾さんは、「米村」で毎月催される長唄の会のメンバーだった。ぼくはそこで、二、三の芸妓さんを紹介されたあと、八重さんと顔をあわせた。

「宇野氏はいい人でしたが、風変りな人でしたから、あなたもいろいろご苦労だったでしょ」

八重さんは、ぼくがその頃から、小説で、どうやら売れるようになった様子を、知っていた。九段で会った時よりは、親しみのこもった物言いながら、奥の方での、宇野先生を通じての複雑な思いがあるとみえて、眼をほそめてぼくを見るのだった。この時八重さんが、宇野さんのことを「氏」とつけるのがぼくの気をひいた。「氏」はどことなく、宇野さんと彼女との距離を感じさせもした。八重さんはもう六十のはずだったが、老けた感じはなかった。ひとまわり大きくなった感じで、むしろ若やいでみえた。部屋に数分間ぐらいいては、他の座敷をのぞき、またいくらかの時間をおいて入ってくる。行ったり来たりの、落ちつかないなかで、ぼくや鷲尾さんに、気持のよい笑顔をみせるのだった。ぼくが、黙りがちでいると、

「これを縁にして勉《べん》さんもちょくちょくいらっしゃい。階下に若い人のためのバアもありますから」

と彼女はいった。鷲尾さんが、ぼくのことをそうよぶので、勉《べん》さんと彼女はまねたのである。八重さんには、使い走りに来た貧乏くさい男が、作家になってくれたという、誠心な悦びが出ているように思えた。ぼくは八重さんの眼にすがすがしいものを感じたが、どことなく、はれがましい思いがし、対等に向きあう気はしなかった。八重さんは宇野先生の恋人であった。先

生が逝くなったからといって、使い走りの男が、馴れ馴れしくすることへの、かすかなうしろめたさもあった。いろいろと昔話なども出たが、ぼくは八重さんがはしゃぎどおしで、何やかや、震災時分のはなしまでするのに、あいづちを打ちながらも、ああ、その話は、宇野先生も、ぼくにされた、と思ったりして、やはり先生の生前へ心は走った。同じ話を、当の相手だった八重さん自身からきけば、またべつの思いはするものの、腹の芯では、そういう八重さんとそこに向きあっていることへの息苦しさを感じていた。

「ああみえても、機械好きなんですよ。写真機だとか、時計だとか、いくつももってましたよね。その写真機もですよ。あのころはめずらしかった十六ミリで……。汽車の窓から富士山に向ってね、じいじいって音させて、真剣にうつすんですものね。あたしという人がそばにいるのにさ。……富士山ですよ」

はじめてきくことだなと思った。なるほど、先生は機械好きの一面はあって、というよりはめずらしがり屋といってよい、新式のものが好きで、写真機もライカから、乾板用のものまで持っておられた気がする。机の上には、腕時計だの、懐中時計だの五つばかりが常にならべられ、それぞれの針がうごくのを見つつ、さらに柱時計は、鳩が箱から首をだして、時を告げるという趣向で、それも、くさりを上下してネジをまく仕掛けになっている。

「名古屋ゆきのときでしたか」

「そうよ。あたしの里へいった時のことよ」

と八重さんは若々しい耳の上から出るようなきんきん声でいった。

「十六ミリもただうつすだけでね、映写してみせてもらったことは一どだってありませんでしたよ。風変りな人でしたわ。あたしは、いまでも思うんです。どうして、あんなにながいあいだ喧嘩ひとつせずにあの人ときたんでしょ。不思議ですよ。もっとも、あたしの方が喧嘩しようとしてもですよ、あの人、なーんもうけてくれないんですものね……」

はしゃぐといったのは、こんな物言いのなかでのことだった。八重さんには、先生がもうこの世にいないので、思い出をそうして語ることが楽しくて、また、そうしたことを、わきできいているぼくや鷲尾さんにばかりでなく、芸妓連中にも、きかせることで、それは自慢話ともいえないが、多少は得意な感じでもあった。しゃべっていることで、宇野さんとの思い出を辿《たど》りなおしている喜びが、濃い眉の下で、しょっちゅうきらきらする眼にあふれた。

そんなことがあって、少しずつ八重さんとのあいだにあった垣根のようなものがとれ、いくらか対等に話しあうようになっていった。「米村」へは、大阪の鍋井克之さんが、東京へ用事があるたびに立ち寄った。その鍋井さんの弟子でもある伊藤順子さんも鍋井さんの用事でくるたびに、ぼくを会食に誘った。それで「米村」へ二カ月に一どぐらい出かけるようになった。誘いがかからなくても、ぼくは、階下のバアを訪れた。そこでバアテンをしている若い青年に好感も抱いて、階上の座敷へゆかなくても、一、二杯の水割りを呑んで帰ることが多くなった。ぼくがバアテンと向きあっていると、八重さんは、

「来てたの」

と、帳場へ挨拶もせずに降りたのを詰るような眼で見た。云いおいてすぐ階上へあがったが、まもなく彼女のさしがねで、顔見知りの妓らが、どやどや階上座敷とかけもちで、降りてきたりした。

ぼくは宇野先生とちがって、座敷あそびというものが苦手だった。どちらかといえばバアか、縄のれんの呑み屋の方が性にあった。森川町に出入りした時代から、ぼくはしょっちゅう酒をくらっていた。それで先生にひんしゅくされたものだった。そういえば、先生はアルコールはからきし駄目で、八重さんとのあいびきにはいったい何を呑んでおられたものやら想像もつかない。ぼくはやはり、茶屋あそびは、酒がなくては、それこそ、宇野先生の物言いを借りれば、「箸にも棒にもかからない話」に思える。だが、それにしても、ぼくには、京都の祇園《ぎおん》、先斗《ぽんと》町《ちょう》、上七軒あたりなら多少は勝手はわかっても、東京新橋では見当がつかないのだった。京都で育ったぼくには、東京芸妓は言葉つかい一つにもつめたく思えて馴染みがたい気がした。それで女将にいくらあいそよくされても素足ではいってゆける勇気がなかった。そのため、「米村」へゆく日は、つれがいる時にきまっていて、そのつれがいても、ぼくは、三味線の音のしている階上は敬遠して、階下のバアへ行った。もちろん、八重さんは、階上から階下まで、エレベーターのない急階段を、上り下りして、例のスリッパの音をぺたぺたさせていたのだが、ぼくがバアテンとふたりでいると、芸妓あそびへの心にもない怖気《おじけ》とうけとったものか、しきりと空いた部屋へあがるようにすすめた。ぼくが上らずに野暮な顔つきで呑んでいると、階上から入れかわり、若い妓をおろして、そつのない気づかいを見せるのだった。そういう八重さんの心づかいを知ると、ぼくはいっそうまた宇野先生を仲立ちに感じて、八重さんとの距離を感じた。

ぼくが階下のバアでかなり酔った夜、八重さんがぼくの家の庭にある桜を見たいといい出したのは昭和四十年の春だったろうか。芸妓も三人ばかりいて、ご亭主の藤野さんも一しょに大型車にのった。二時すぎていた。家につくと、寝とぼけて出てきた家内に八重さんは、持ち前のきんきん声で、ばつわるげな挨拶をすませ、庭へ出て、数本ある染井吉野と、品種はわからぬが、ここへ越す以前からあった六十年生ぐらいの、真綿をかたまらせたように咲く、一本の桜の下に廻りこんで、いいわねえ、いいわねえ、とくりかえした。

「宇野氏も生きておればねえ、ねえ、ねえ」

小柄な軀をぼくによせてならんで花を見仰いだ。ご亭主の藤野さんは六十三、四歳で、九段時代から八重さんの蔭にあって商売を助けた人である。ぼくの記憶にまちがいなければ、森川町の宇野家が平家だったのを、二階建てに増築したり、風呂場を新設したりした昭和二十四、五年時の、棟梁や植木屋が出入りしたすべてを取りしきった人だった。したがって、恋中にあった八重さんと先生との間柄をよく承知していた人で、八重さんの新橋進出も、この人の資金ぐりや、援助がなければ出来ないことだった。人柄については宇野先生からも、多少のことはきいていたし、ぼくも男っぽい性格に好感をもった。藤野さんの方も、八重さん同様にぼくには距離をおいての、親しみのこもった眼であった。その夜は芸妓もいたから、玄関よこの部屋へブランディを家内に用意させた。八重さんはめずらしく二、三杯呑んで、何やかやしゃべって明け方になるまで帰らなかった。宇野先生の話題しかなかったが、藤野さんも、当然その話に入ってくる。ぼくが、先生のご子息から、先生が愛用されていた机を頂戴して、それを書斎にすえているといったら、

「見せて、見せて、あたしにも思い出があるんだから」

と八重さんは急に駄々をこねるように云い、芸妓たちに手をとられて二階へあがった。ぼくは、万年床の、ちらかった書斎を人にみせるのは気がひけたが、とつぜんの思いつきだったのと、八重さんの強引さに負けたのだった。八重さんは、ぼくの万年床を見るなり、口角に笑みをうかべ、

「勉《べん》さんもこんなことかねえ」

といい、ぼくが、先生の机を指さしてみせると、そっちにふらふらと歩いて、へたりこんで、

「これ、これ」

と、机の上をたたいて眼をすえた。一枚板のその机は、材質は洋風のもので、角がまるくなり、板の表にはインキのしみや、小刀のキズがついていた。脚に一寸ぐらいのつぎ板がしてあった。これは先生が机に向われる姿勢は、正座だったので、ふつうの座高以上に高くなったため、

脚につぎ足しがあったのだった。八重さんは、このつぎ足した脚のあたりを撫で、へたりこんだままに、肘をついて、

「へえ、へえ」

といってぼくらをふりかえった。うけ唇がめくれて、夜ふけでもあったから、化粧のはげ落ちた顔には、心なしやつれがしのびよって、ぼくには、八重さんがそこに最初は芝居気たっぷりにへたりこんだものの、急に黙ってしまった心の奥がのぞけて哀れにうつった。

「さあ、ゆこ、明け方だぞ」

と藤野さんがいった。外は白みかけていた。

ぼくはこの夜の八重さんのいつまでもへたりこんでいた姿をよく思いだしたが、そのたびにふと「真説『思ひ川』」に出てくる、宇野先生の一通の書簡を思いうかべるのである。

「思ひ川」は、終戦後で、一等の小説で、終戦後に出たたくさんの小説のなかで、もつともきれいな女のひとが、じつに、よく書かれてゐる、といふのが一般の評判です。これで、ぼくも、三年がかりの小説をかいた「かひ」があると、おもひ、一生のうちの、小説家として、くらしました、「おもひ」がかなひました。ぼくがこの世にゐなくなりましても、「夢みるやうな恋」を、「思ひ川」の女主人公とした、といふことが、のこります。「思ひ川」の女主人公のやうな、純真な心のひとが、この世にある、といふことを（小説をかいてから、三十年たって）書いた

ことを、ぼくは、生きがひがあつたと、神さまに、感謝してをります。さうして、一生のうちで、「思ひ川」の女主人公のやうな「ひと」としたしくなつたことを、ぼくは、一生のうちで、もつとも幸福であり、その人が今も健在であることは、ぼくの心を、あかるくし、僕に、生きてゐることの「よろこび」と、ひとりで、小説をかいてゐることの「うれしさ」と、ぼくの生きて書いてゐることを、はげましてくれる「ひと」が、（はなれてゐても）ある、とおもふと、ぼくの心は、たのしく、うれしく、はればれと、いたします。

晴れたり君よ、であります。

おいそがしいにつけて、からだに、むりをなさらないように、どうぞ、いつまでも、「たつしや」でゐてください。

むかしもいまもかはらぬ

十一月十三日　　　　　　　　　　　　　　浩二

ほんとに、ほんとに、おからだ、おだいじに。「思ひ川」の読者は、みな「思ひ川」の女主人公に、「こころ」をひかれてゐます。ぼくは、それだけで、作家の「みやうが」を感じて、みえない神さまに、手をあはしてをります。「人間」の十一月号は、十七、八日ごろに出ます。多くの人がよみたがつてゐます。ぼくはうれしいです。よろこんでゐます。

手紙は、昭和二十三年十一月の日附だから先生は五十八歳である。八重さんは十二歳下だから四十六歳だったはずである。この手紙も、あるいは、その時八重さんが肘をついていた机で書かれたものであったかもしれない。

三

八重さんが病気で寝こんだときいたのは、昭和四十年の秋末だった。たぶんその夜は、演舞場で芝居を観て、帰りに、素通りも気がひけたので、玄関を入って左手の、バアへ降りようとすると、帳場から、養女のていさんが小走りできた。

「母《ママ》、寝ちゃってるの。四階へいってくれる」

とていさんはいった。八重さんの部屋は四階にあった。八畳ぐらいだったかと思う。鍋井克之さんの好んで描いた勝浦海岸のけしきが二十号ぐらいの大きさで、畳床の壁につるしてあった。その方を枕にして八重さんは花柄の絹夜具を胸まで被って寝ていた。ていさんが小声でぼくがきたことを告げると、うとうとしていたらしい眼をあけ、一瞬はずかしげに顔をふった。

「心配したことないの。先生に診てもらったから。二、三日したら起きてみせます」

とかすかではあるが、くまのでた眼をやわらげて、無理に起きあがろうとする。ぼくはそのままにいて下さいといって、一、二分そこにいて四階を降りたが、階段の途中で、ていさんが、

「洗面所でね、血が出たんです」

と何げなくいうのに足をとめた。

「どこも痛くないのにさ、口角から黒い血がひとすじたれてたんですって。どんな血だかしらないけど本人が鏡を見てわかってね。大さわぎになっちゃって……」

「潰瘍《かいよう》だったのかね」

「それがですよ。お医者さんぎらいでしょ。つれていったら精密検査しないと何ともいえないって……あのとおりわがままでしょ。どこも痛くないもんだから、起きるってきかないのよね。おとうも、けさから寝ていろ、寝ていろって喧嘩」

「おとう」というのは藤野さんのことである。ていさんは、母が寝込めば、自分も帳場へかかりきりになる。本職の方もいそがしいので困るのだといった。ていさんの本職というのは、速記の仕事で、彼女は、九段の「三楽」時代、八重さんの養女になって、麹町《こうじまち》の高女を卒えたが、のち田鎖式の速記をならって、四谷の事務所へつとめていた。その事務所で知りあった人と出来て、世田谷に住んでいたが、夏末から八重さんに懇望されて、「米村」を手つだうようになっている。宇野先生が「三楽」へ通われたころ、ていさんはまだ七つか八つで、玩具《おもちゃ》などいくつも買ってもらったというのがていさんの自慢話だった。ぼくが「三楽」へ使いにゆくころは、ていさんはいなかった。小柄で、首の細い色白顔は、八重さんと血のつながりのない骨格で顎の小さい造りだった。黒眼が大きく、物言いにもあまえたひびきがあって、階下のバアでは、芸妓の時間待ちの客が、芸妓のこないのをいいことにていさんをよくからかっていた。世田谷の夫といざこざが生じたとかで、どこやら翳をふくんだ暗い耳うらのあたりが、三十そこそこにしては老けてみえた。

ぼくはその時、ていさんが八重さんの口から黒い血が出たといっても、そんなに衝撃をうけなかった。ていさんの物いいには楽観的なひびきがあったし、花柄の夜具の下で、わらっていた八重さん自身の、眼のふちこそくまがあったが、肉づきのよい、血のさした頰のあたりは健康そうで、のちの大病の兆などちっとも感じられなかった。

「こっちへ越してきてから、大働きしたんだからね。けんびきが出たんだ。きっと。せいぜい休ませてあげることだ」

ぼくがいうと、ていさんは、

「ゆうべ母さんが、あたしにぜひこっちへもどってくれって泣いてたのむのよ。あたし、こんな商売いやでしょ。でも、仕事をやめて越してくることにしたけど、なんだか、元気な人が急に気が弱くなったみたい」

といった。ていさんが、事情あって別居していたのが、正式に離婚したと仲居からきいたのは、それからまもなかった気がする。養女が帳場へつめてくれれば、八重さんには大助かりだろうとぼくは思った。

たまにしかゆかないぼくに、八重さんの家庭、というと変だが、「米村」の帳場が透けてみえたわけでもなかった。料亭などといえば、男があまり顔を出さぬものだし、かりに藤野さんが手つだっていたにしても、検番と連絡したり、芸妓らの座敷花の計算をまちがいないよう帳づけするぐらいだったろう。八重さんには、九段時代から随《つ》いてきた仲居も二人いた。それに、森川町の宇野家で一時は台所をしていた古川チヨ母子も、通いではあるが、下働きにきていた。その上、四歳じぶんから育てた養女が、水商売をいやがり、一どは結婚したものの、別れて帰ってくるとあれば、もとの道にもどった気もする。ぼくは、階下のバアで顔見知りになった若手医師たちが、よび名のある会をつくっていさんを中心に集まっているのも知っていた。その会に鉢あわせするとていさんがまめまめしく廻っていた。その時の着物のこなしも、日一日と水商売らしくなるのがほほえましかった。八重さんのあとを継ぐのはやはりこの養女かもしれぬ、とぼくは思ったりした。

野暮男の詮索はまあこれぐらいのことだった。八重さんのしゃきしゃきと、明朗にふるまう裏側で、じつは孤独なもう一人の自分を抱いて、寂寥とたたかっていようなどとは微塵も勘ぐったことがなかった。だから黒い血がひと筋出てきても、歯ぐきが痛んだのかもしれぬぐらいに思った。また、ぼくらの訊ねる時間は、客の切れたことはなく、七室はある客間が、ふさがるのはめずらしくなく、芸妓も、部屋も足りないので、あぶれた客は、階下で水割のんでダイスやトランプに興じていた。四階建てのビルは、ひっきりなしに上り下りする仲居や芸妓の嬌声《きょうせい》にあふれ、三味線、太鼓がかさなって、女将がけんびきで寝ていても、それは四階のことでもあるから誰も気にとめる者はいない。八重さんは、にぎわう階下の音を背に感じとりながら、主治医の言にしたがい安静をとっていた。だが、淋しさをもてあますと、ていさんをよんで古い手箱から写真や手紙をだして、読んでいたときいた。古い手紙といえば、宇野先生の手紙もあったろう。八重さんには、宇野先生との恋愛中に、「思ひ川」によれば、最初は、「月給さん」、つづいて「白川伸十郎」、そのつぎに「義足の林」と三人の男性遍歴がある。さらに新橋進出後はいまの藤野さんがいるのだから、古写真や古手紙といっても、誰のものであったかわからないが、もし宇野さんの恋文だったとすれば長沼氏の公開する次のようなものだったかもしれない。

ぼくが電車のために時間がおくれましたが、わづかの時間でしたけれど、今のぼくは、いくらわづかの時間でも、たのしいです。（略）ぼくは、小説をかくほかには、なんの「トリエ」もない人間ですが、運命に従順なことと、正直なことと、善良なことと、——この三つのために、君と知つてから二十五年もたちますのに、「世界ぢゆうで一ばんしたしい人」として、今も、きみとお目にかかれます。ぼくは、ハツキリいひきれます。（略）二十五年のあひだ、（日数でいひますと、九千何日のあひだ、）一日も、（どんなにはなれてゐても、どんなに不幸であつても、）きみをおもひつづけてゐたのは、おもひつづけてゐるのは、ぼく一人である、と信じてゐます。二十五年のあひだ、（九千百なん日のあひだ）「ひとりのひと」をおもひつづけてゐたぼくは、日本一の、（世界一の）幸福者です。

日本一の、(世界一の) 幸福者でありますから、へたなところがあつても、「思ひ川」のやうな純真な小説が書けたのです。

ぼくの心は、うはべは弱く見えても、心のそこは、

おもひ川たえずながるる水のあわも
うたかたびとにあはできえめや

といふ、あつく、きよく、つよい、「おもひ」があるからです。

つまり、かりにぼくが「水のあわ」でも、「あはできえめや」といふ、まよひ、はげしい純な、心がありますので、二十五年のあひだ、(死ぬまで)「ひとりのひと」を、おもひつづける、(われながら) きよい心をめぐまれたことを、ぼくは、天に、神に、感謝してゐます。ぼくは、身のまはりは、ながいながいあひだ、「ひとりぼつち」ですけど、心のなかは、「ひとりぼつち」ではありません。

それにしても、このあひだ、おめにかかりましたときは、やつれてをられたやうです。「人間」の十一月号の「思ひ川」の60ペイジの上のだんの十二行目に、(きみのむかしの手紙のなかに、) 恋人のいふことは守つてくださらなければいけませんわ、神様のやうな子供のやうな先生。おわかりになりまして。……

といふところがあります。

このところは、暗記してしまひました。暗記してゐるここのところを、口のなかで、よみま

すと、ぼくは、泣けさうになります。泣けてきます。涙が出ます。（略）

ひとりの（世界ぢゆうで、一ばんきみをおもつてゐる）人のいふことを守つて下さらなければいけません。おからだをなにより大切にしてください。シヤウバイもだいじでせうが、病気されたらたいへんです。どうぞ、たとひ、シヤウバイがかりに、できなくなつても、ぼくといふものがゐることを、おかんがへください。

十一月号の「人間」の60ページの上の段の八、九行目をよんでください。「……よくよく気をつけて下さいませ、あまり、お仕事も、肩のこるほど、やりすぎないで、ゆつくり、しづかに、御勉強して下さいませ、いくらお仕事ができても病気では、二人の一ばん悲しいことです」このことばは、むかし、君がぼくに、手紙でいはれたことです。今でも、涙なしには、よまれません。

このきみのことばを、今は逆に、きみにむかつて、つかひます。

どうぞどうぞ、むりをなさいませんように。

万に一つ――きみがおこまりになつたときは、ぼくの持つてゐるものを、失礼ですが、みんなさしあげます。いつも、きみが、いはれるやうに、「いざとなつたら」ぼくにおはなしください。

八日の十二時をたのしみに。

十二月六日　「思ひ川」の女主人公の健康をこころから祈りつつ

この手紙半分以上、テイデンのため、ランプのしたでかきました。

浩二

長沼氏の感想によるとこの手紙は、「この世の大人同士（宇野五十八歳）の間の手紙とは、おもわれなかった。なんだか、夢をみているような気がした。あるいは、天人と天女との間の話とでもいおうか」ということになる。たしかに、夢みるような恋人への純情あふるる先生の手紙であって、いま、八重が、浩二なきあとで、新橋の料亭の四階で、階下の繁盛する音を背にききながら、襲いくる病気の予兆に脅えつつ、これをよんでいたであろう姿を想像すれば、ぼくは、八重さんが気丈な人だけに哀れがつのる。

四

昭和四十一年正月になって、ぼくは八重さんがすっかり恢復したと、ていさんからきいた。血の出た原因は何だったかと、その時の電話で問うたところ、そんなに心配したことはなさそうだが、いちど、元気なうちに、隣りの癌研で精密検査をすすめられたと、ていさんはいった。その癌研へ行ったのか、ときくと、

「あのひとのことです。検査なんてまっぴらだっていってますよ。自分のからだは当人がいち

ばん知ってるって……。このころはしゃんしゃんしてますのでまあ安心。このままだと、病気の方が退散するかもしれませんわ」

ぼくはほとんど安心して、人知れずもったいまわしい空想から解放された。

鍋井克之さんの展覧会が、日本橋の三越であったのは、昭和四十一年三月二十日のことだった。この記憶が鮮明なのは、八重さんの病気の心配どころか、ぼくの方に故障がおきて、ぼくは三月十日に、赤坂の山王病院へ入院していた。故障というのは、持病の痔がひどくなったのだったが、手術をかねて、ゆっくり精密検査をうけようと思ったのだった。この病院は紹介された人にいわれたとおりまことに快適で、痔の手術もかんたんにすんだし、五日目からはじまる検査も、ぼくの自由にしてくれて、ちょっとした外出もゆるされた。二十七日のことだった。看護婦が面会にきた人があると告げて去ると、入れかわりに、病室へかけこむようにきた女がいた。八重さんだった。びっくりした。八重さんは、つむぎの鉄からし色の袷に、共布の羽織をきて、絹の濃紅の襟まきをたたみながら、ぼくの起きあがっているベッドへより、

「あたしがなおったのに、勉《べん》ちゃんいくじがないわねえ。今日は大事な日だから、ちょっと表へ出なさいよ。いいとこへつれてってたげるからさ」

と藪から棒にいった。ぼくがていさんに、電話で病院に入った事情をしらせておいたので、八重さんは何もかもわかってるといわんばかりに、

「あたしにだけはニセ病は通じないわよ」

といったりした。ぼくはしかたなく、服に着かえて、オーバーをもち、看護婦にことわってから一階玄関に降りると、八重さんのらしい車が待っていて、八重さんは小走りでそっちへ走る。小雨のふる寒い日だった。車へ入ると、

「鍋井先生が残念がってらっしゃるのよ。どうしても、あたしと三人で写真とりたいんだって。宇野氏の所蔵の絵も二点出てるのよ。早よゆきましょ」

八重さんはうたうようにそういって、運転手に、さあもどってちょうだい、ときんきん声でいった。ぼくは八重さんのはしゃぎぶりに、この人はすっかり快《よ》くなったな、と思った。しかし、眼をすえて、よこ顔をみると、耳たぶのあたりや、うしろ首が透けるように青い。こんなに八重さんは青白い肌だったたか。不思議に思った。何げなくこっちをむくので、額のあたりをみたが、やはり、生えぎわのあたりがいやに白く、皮膚に力のない感じがあった。

「いいんですか、そんなにはしゃいで」

「いいのよ。癌研の先生がね、あんたは不死身だって太鼓判を捺したんだから。でも、用心するいっても、何をしたらいいかわからないでしょ。てい子ももどってくれたから、このところ、鍋井先生とあそんでばかり……」

「毎日三越通いですか、それで」

「そうよ。お茶汲みしてるのよ。いいでしょ。宇野氏もいなくなったから、みんな淋しいんだもの。あたしが出なけりゃ……先生だって淋しい……」

ぼくはそうかもしれないな、と思った。鍋井克之さんは、天王寺中学時代からの宇野先生と友達だった人である。文学と美術になりわいは分れたが、ふたりとも共通する性向もあって、よく宇野さんが大阪へ文楽見物がてら鍋井さんを訪問していた。新幹線のないころだから、そうして出かけるということも友情がなければあり得ないことだった。

三越の展覧会場へゆくと、かなりな参観者の数で、四時すぎていたと思うが、受付のあたりに学生ふうの若者が大勢いた。八重さんはそのうしろをまめまめしく歩くと、展示ホールの中央あたりで、客と話している鍋井さんを見とめ、何やら金切り声でいったようだった。ぼくはもちろん、そっちへ行った。

「よんできたわよ。あんな病院ぜいたく病院だから出てきたって何ともないのよ。ね、そうでしょ」

鍋井さんは苦笑していた。と、八重さんは、ぼくの袖をひくと、壁面の方へみちびいて、

「これおぼえてる」

と指さした。みると、それは五号ぐらいの小さな絵だが、鍋井さんのかなり暗い時代のもので、桃畠の遠望ながら、空がどんよりくもって、野面に翳が落ちている。ああ、森川町の書斎にあったな、とぼくはすぐわかった。

「守道さんがね、出してくれたんですよ。宇野くんが、いちばん好いてくれたもんです」

と鍋井さんはいった。と、八重さんがそこにいなくなったと思うと、すぐに、向うのフロア

にいたらしい伊藤順子さんをよんできた。

「あなた、あたしと勉《べん》ちゃんをとってよ。ね、この前でさ、よくとってよ」

八重さんは、その小さな桃畠の絵の前にゆくと、しゃちこばったように直立した。ぼくはそのわきに立った。順子さんが、カメラをかまえてすばやくうつした。

「ぼくも入れてもらおうかな」

鍋井さんがきて、三人ならんだところをまた順子さんが撮った。撮り終ると、八重さんは直立不動の姿勢からもとにもどって、

「さあ、勉ちゃん、病院へ帰っちゃダメよ。これから新橋へゆくのよ。こんばんは、鍋井先生たちとみんなで祝杯、いいでしょ、いいでしょ」

とぼくの手にぶら下った。

この夜は、八重さんの計画どおり、ぼくは、鍋井、伊藤の両画家と、「米村」で夕食をともにして、いくらか酒は呑んだが、医者に露見せぬ程度にして、早々に帰った。

それから数日してぼくは、山王病院を退院したが、五日目ぐらいに、八重さんが癌研へ入院したときいた。精密検査の結果がわかって治療が必要になったからだと、ていさんの電話であった。ぼくはこの三越の日以後、はしゃいだ八重さんの姿をみていない。いま、鍋井克之展で撮られたスナップが手許にあるので、それを見つめていると、やはり八重さんにどこか元気がない。山王へよびにきた時も、車の中も、あんなにはしゃいでいたが、宇野先生愛蔵の「桃畠」

の下で、直立した八重さんは、口をむりにひきしぼって、固くなっていて、そのこっちを見る眼にどこやら力がない。人の眼につかぬようでも、秒間に人を切りとるカメラというものは、まぎれもないその人のもう一つの顔をうつしていたというしかない。八重さんは鍋井さんとならんで三人で撮られた方では、心もち、ぼくによりかかるようにして、眼をつぶっている。

五

七月に入ってまもない一日に、ていさんから電話があって、母《ママ》が病院であなたに会いたがっているから、ひまを見て来てやってくれないか、といってきた。ぼくは七月はじめから信州の仕事部屋へゆくことにしていた。ゆけばそうそう降りてこられない仕事も控えていたので、電話があった翌日、「米村」へいったん立ち寄り、ていさん同道で癌研へ行った。

八重さんの病室は、三階の個室で窓から高速道路をへだてて料亭の家なみが見えた。八重さんは、その窓の方を枕にした低いベッドに紗《しゃ》の薄地のカバーのかかった夏掛けを胸まで被って寝ていた。ひとまわりちぢまったような顔とその色に、ぼくは胸を衝かれた。肉が落ちこんでいるわけではなかった。むしろ頬のあたりはふくよかだが、青蠟《せいろう》色とでもいうのか、瞼の下あたりから、むくんだように、艶のない皮膚がたれて、小鼻の両側にも、眼尻にも皺が目立ち、特徴のあるうけ唇は心なしかわいてみえた。ぼくに気づいた八重さんは、

「来てくれたのね」

とひとことといって、力なげに眼を一瞬こっちへ向けたが、すぐ口もとに微笑をうかべると、

「もうすぐ退院するからね」

といった。ていさんが枕もとの体温計をのせた盆をハンカチでふいていた。

「いつも、ここから見るのよ、母は《ママ》」

とていさんはふきながらいった。

「そう、見えるのよね。うちがいちばん高いのよね。おとうが屋上へあがってこっちへ手をふるのも見えるのよ」

と八重さんがいった。ぼくは窓の向こうに、演舞場の四角い建物があって、こっち側へも演目を書いたたれ幕がたれ下っているのを見た。広場をへだてて細いビルが一つ立ち、手前に金田中の黒ずんだ瓦屋根が、植込みの中に沈んでいる。それにつらなって、やはりいくらかの植込みを抱いた料亭の屋根が昭和通りの方へつづくのだった。たしかに「米村」の建物は、四階建てなので、きわだっている。こっち側は割烹部屋か、仲居部屋にでもなっているのだろうか。閉め切った小窓があった。屋上もみえる。が、そこへかりに藤野さんがあがってこっちへ手をふっていたとしても、表情まではっきり見えるだろうか。ほとんど、それは見え分たないだろう距離だった。いまそんなふうにはしゃいでいう八重さんの内心と建物がかさなったのだった。わざわざこの部屋を注文したものか。それとも病院側が偶然にくれたものか。ていさんもそのことはいわなかった。調子のよい時とか、小用に立った時など、ベッドへ上るまえに窓へよっ

て、そっちの方角を見るのが母《ママ》の楽しみなのよ、とていさんはかさねていうのだった。

「母《ママ》が働いて建てた家だからね」

とぼくがいった。八重さんは、きこえたらしくて、はにかむような笑みを、こけた頰にただよわせて、夏かけの端を細い指ではさんでせりあげていた。

「きたない顔だから、勉《べん》ちゃんに見られてはずかしいの。さきにいっておいてくれれば、お化粧してたのにね」

とも八重さんはいった。ぼくは格別の話もなかったし、八重さんの表情から八重さんがぼくにあいたいといったのは、顔をみたいだけだったことも察せられたので、その日は十分間ほどそこにいて廊下へ出た。帰りしなに、ていさんから、八重さんの病気は完全に膵臓ガンで、もうそれが手術をしても回生が不可能なほどに諸方に転移していると医者が診断している、ときいた。

「おとうもね、本人にいわない方がいいっていうの、母《ママ》には、先生と口をあわせて、腎臓がわるいことにしてあります。でもね、かしこい人だから、うすうす気づいてると思うんです。それだけに、このごろは、母《ママ》の顔をみるのがつらくて」

とていさんはいった。医学にうといぼくは、膵臓がどこにあるのか知らなかった。それがどういう役目をするものかも知らなかった。ただ癌が、八重さんの腹の中であばれまわって、あんなに元気だったひとを、ベッドに釘づけにしておとなしくさせてしまっていることが信じられなかった。ぼくはそれで、ていさんがおそろしいことをいっているのに、まだ、充分に望みのあるようにもきいて、階段を降りていた。こっちが健康で無智だということはこんなものだった。ぼくは、八重さんに死が迫っていようなど、殆んど信じていなかった。

　その時、ていさんとめずらしく、八重さんのことについて多少の会話をした。ていさんも、「米村」へ帰るひるの道を、ゆっくり歩いて、いつになくしゃべった。

「宇野先生の『如露《じょうろ》』をよみましたか」

「あれだいたいほんとうでしょうね。母《ママ》のお爺さんは如露をつくって売ったんですって。名古屋でね。母《ママ》って、うまれた家のことはあんまりはなさなかったから、あれよんだ時、びっくりしたわ。貧乏な家にうまれて早くに両親と死にわかれたのよね」

「『思ひ川』ももちろん読まれたでしょう」

「読んだわ。母《ママ》が読め読めっていうんですから」

「おとうも読んだ?」

「そりゃもちろんよ。母《ママ》もいってたけど、宇野先生とは本当に純な間柄ですよね。恋人いったって先生の方がおっしゃってるだけで、母《ママ》にすれば、わかりのいいお客さんかもしんない。本当のところは、お兄さんのような人じゃなかったかと思ったりするの。あたし小っちゃい時に、母《ママ》といっしょに、宇野先生とごはんをたべたり、よそへつれていってもらったりしたことがあるけど、子供心にもね、母《ママ》と先生が夫婦気どりで歩いてたなんて思い出はなくてよ。だいいち、母《ママ》には男の人がいない時なんてないんだもの。あたしが知ってるだけでも、いまのおとうまでに二、三人いたでしょ。母《ママ》は幸福な人。旦那を入れかえとりかえしながら、お商売やって、べつに心の恋人をもう一人もってたんですから」

「『如露』を読むと、一どだけ、先生と八重さんは旅館に泊っているし、『思ひ川』など塩原でも泊ってるようだけど」

「あれ本当かもしれない。けど、母《ママ》にいわせると、先生は何もしなかったたっていうのよ。変よねエ。あたしも、先生って人はそんな人かも知れなかったたって、このごろ思うことがある。母《ママ》のところへきてた手紙だって、子供のような、純なこと書いてきてるでしょ。六十すぎた人がね。あんな手紙書けるなんて、あたしやっぱり、ふたりの関係は、純にみえるの」

ぼくは歩きながら、ていさんの推測もまちがっていないかも知れないと思った。四歳から貰われて、八重さんを義母として育ったこの女が、子供心に見た八重さんのありようというものは、如露を製造販売する家にうまれた薄幸さから立ち上る歴史だろう。芸妓に売られてきた東京で、必死に今日の料亭経営に至る、男性遍歴の修羅場だったにちがいないことに気づかされる。それが女ひとりではやってこれない道であれば、八重さんにまとわった男たちは、それぞれ経済的、肉体的の役目をつとめて八重さんに近づき去ったか。そういえば、「月給さん」も「白川伸十郎」も「義足の林」もみな故人だった。「思ひ川」によれば、「月給さん」は九段「三楽」を買う時の援助者だし、「白川伸十郎」は、震災後の「三楽」復興の援助者である。「義足の林」

は、経済力こそなかったが、戦後のやりくりや、何かでやはり男が出ねばならぬ場合の役はつとめて「三楽」の帳場につめきりだったけはいだった。それで八重さんは、ぼくが持参する宇野さんの手紙をす早くうけとったりしたのだろう。いまは藤野さんがいるが、この人だって新橋進出の援助者である。いずれにしても、八重さんという、文学芸妓ともいわれた女は、宇野先生と格別な交際をしながら、水商売を泳ぎ切り、念願の新橋花街へ出て、四階建てのビルを建築したのだった。「思ひ川」にはビル建設に至る戦後から今日までの八重さんの行状は伏せられている。先生はなぜか「義足の林」の死のあたりで筆を止める。

「誰をいちばん愛したのって訊いたことがあったわ。そしたら、母《ママ》はわらってこたえないのよ。やっぱり、あの人の愛したのは、お商売だったかもしれない。宇野先生がいわゆるふつうの愛人でなかったらね、そう思うしかないのよ」

とていさんはいった。

信州の家に電話があって、八重さんの危篤を告げられたのは七月二十日の午だったと思う。ていさんの声で、「顔のうつくしいうちにもう一ど会ってやってもらえればとおとうもいっていますから」ときこえた。ぼくはすぐ東京へ立った。暑い日だった。避暑地の秋には若者が溢れ、汽車も満員だった。上野に着くと車をとばして「米村」へかけつけた。夕方になっていたと思う。階下のバアへゆくと、顔馴染みの仲間がいた。よく八重さんが、ぼくの席へ廻してくれるせきや姐《ねえ》さん、小千代姐さんもいた。ていさんは病院だったが、やがて帰ってきて、ぼくらを引率して病院へ向った。向う途中、容態をきくと、けさあたりからいびきをかいて眠っているばかりで、よんでもうっすらと眼をあけるだけということだった。せきやさんは、前夜枕もとに三時間ほどいたらしかった。やはり、母《ママ》にはこっちを見る力はないといっていた。

病室の廊下の手前に、看護婦詰所でもなく、面会人の一服できるような一室があった。そこにレザー貼りのソファと、パイプに布を張った簡単椅子がかなりあった。入ってゆくと藤野さんが、すぐ病室から出てきて、ぼくに、

「こんばんあたりがあぶないと先生がいうんでね、それでしらせたんです。長沼先生もさっき見えました」

と汗をふきながらいった。ぼくは藤野さんにつれられて病室へ入った。以前来た時は、まだ、枕もとに何やかや、果物皿や、ナフキンなどがあったように思ったが、そんなものはなくなっていた。八重さんは、がらんとした個室のベッドに、やはり、以前とおなじ夏かけをのどのあたりまで被って仰向けに寝ていた。くまの濃い下瞼に、やはりむくみがあった。蠟色の皮膚はいっそう艶を失なっていたが、まだいくらかの肉を抱いて、しずかにあった。うしろからせきやさんが、ハンケチを口にあてて、すすり泣きだした。

「なーにもいわんのです。おい、おい、いってもね」

と藤野さんはいって、ベッドのパイプに手をひろげた。頭からのぞきこむように、

「おい、おい」

とよんだ。八重さんは、糸のように口をつぼめたままで、閉じた眼も静止させて黙っていた。

「ここにいてもさ、商売休むのは気にくわないらしくてね、てい子にも、がんばって、がんばってばかりいうんです。このところ、温習会もちかづくし、店の方もいそがしいんで、みんな働きながら順番につめてるんですがね。なかなか、お医者がもう終りだといっても、当人に力はあるんですね。気のつよいひとですから」

と藤野さんはいった。

「そうよね、母《ママ》は、必死でがんばっているのよね、いまも、がんばっているのよね、きっと」

とせきやさんがまた泣きじゃくった。

「母《ママ》は死ぬのがいやなのよ。あとあとのことが心配なのよ……そうよね……」

せきやさんの声は、遠い方からぼくの胸を突いた。

結局この夜、ぼくらはその面会人詰所らしい空いた部屋にすわったり、病室へ入ったりして、八重さんの経過を見守ることになった。ていさんが、ぼくにだけ「米村」へ帰って、階下で一服していてくれ、といったが、わざわざ汽車にのってきたのだし、バアで呑んでいるうちに、八重さんに逝《ゆ》かれたのでは甲斐がなかった。十時すぎたころだったと思う。長沼弘毅さんが病室へ見えた。ぼくのいる詰所へにゅっと夏背広姿をのぞかせると、ポケットへ手をつっこんで、

「つよいですよ。ふつうの人なら、もうとっくにひきとっているのに……」

つぶやくようにいった。ぼくは黙っていた。すると、長沼さんは、

「水上さん、ぼくも、一と月まえからここへ入院しとるんですわ。昨日、ひまがもらえて、家に帰ったんですがね、おとうの電話でとんできたんです」

夜ふけの螢光燈の下なので長沼さんの顔も、やや白蠟色で、むくんでみえた。長沼さんは、八重さん入院当時から、そういう事情で病室へちょくちょく顔を出して、気のあう医者からも、八重さんの容態をきいているらしかった。ぼくは、宇野先生と長沼さんが、戦前から交友があったこと、また長沼さんが、森川町の宇野家の表札を書いて宇野先生に進呈していたこと。宇野先生が、富士見町で八重さんと会い初めた頃に、いろいろと橋わたしのようなことをつとめて、また、共通の他の芸妓とあそんだり、食事なども共にしたことなどを、この時に聞いた。

「宇野はね、やっぱりあのひとが好きだったんですよ。けど、あの人はやり手で、あんなしゃきしゃきしたひとでしょう。手を出すにも、出せないままに、ああいう、プラトニックな関係になって、それをつづけるようになったと思うんですね。宇野も死にましたがね」

長沼さんの話は、長い官僚生活にあった人らしい、どこかにひややかさの感じられる物言いにきこえた。廊下をへだてた病室には、八重さんがまだ眠りこけていた。ぼくにはそのことが気になったし、また、そういう時間の、そういう詰所では、あまり声をあげて話をする気分になれなかった。ただ長沼さんが、十一時すぎたころ、

「それじゃ、水上さん、たのみましたよ」

といって、階段を降りてゆかれる灰いろの背広姿が右肩さがりに、力のないのが眼を刺した。ぼくが長沼さんの姿を見たのはこれが最後である。長沼さんは、結局、翌々日の夜息をひきとった八重さんの病室にも居合わせなかった。

二十二日の夜。十一時すぎだった。ぼくと、せきやさんと、藤野さんと、ていさんの四人が病室にいた。八重さんに変容があるのを医者から知らされたのだった。八時ごろ、ぼくは「米村」の階下バアで食事をしていて、藤野さんも「米村」にいたのだが、ていさんの電話でかけつけた。八重さんは、まだ息をしていた。医者が看護婦を一人つれて入ってきて、脈をとったり、口をあけてのぞいたりしたあと、かなり大きな食塩注射らしいものを八重さんの腕に打った。だがそういう甲斐もなく、八重さんは十一時すぎに息をしなくなった。藤野さんも、ていさんも、もちろん、ぼくも、せきやさんも、八重さんが、口をひらいて物をいう姿を見ずじまいになった。ながい眠りを眠り終って、ひとりで、そのまま、しずかに息をやめたといった感じの、やすらかな死だったように思う。如露売りの娘が、一代で築いた料亭を、数多かった男性遍歴の何人目かの男と、血のつながりのない娘との将来にあずけて、死なねばならぬ負けの口惜しさからも、解きはなたれたやすらぎとうつった。仰向いたままで、八重さんはつめたくなっていった。

「おとう、あたしにお化粧させて」

とせきやさんがいった。ていさんが手つだって、せきやさんのハンドバッグから化粧道具を出した。ていさんも、せきやさんも鼻をすすっていた。せきやさんはていねいに八重さんの瞼から紅をぬった。頬に指先でうす紅をはいた。うけ唇の下のあつい方に、濃紅の棒が這ってゆくと、そこに眠っていた八重さんが、少女のような、小さな、うぶな顔だちに変容して、生々するのが、ぼくの眼をとらえた。

「うつくしい、ええ顔や」

と藤野さんがいった。

〔初出：「文藝」1977（昭和52）年8月号〕

P+D BOOKS ラインアップ

散るを別れと 野口冨士男 ● 伝記と小説の融合を試みた意欲作3篇収録

白い手袋の秘密 瀬戸内晴美 ● 「女子大生・曲愛玲」を含むデビュー作品集

ゆきてかえらぬ 瀬戸内晴美 ● 5人の著名人を描いた珠玉の伝記文学集

愛にはじまる 瀬戸内晴美 ● 男女の愛欲と旅をテーマにした短篇集

お守り・軍国歌謡集 山川方夫 ● 「短篇の名手」が都会的作風で描く11篇

演技の果て・その一年 山川方夫 ● 芥川賞候補作3作品に4篇の秀作短篇を同梱

P+D BOOKS ラインアップ

断作戦　古山高麗雄　●騰越守備隊の生き残りが明かす戦いの真実

龍陵会戦　古山高麗雄　●勇兵団の生き残りに絶望的な戦闘を取材

フーコン戦記　古山高麗雄　●旧ビルマでの戦いから生還した男の怒り

地下室の女神　武田泰淳　●バリエーションに富んだ9作品を収録

裏声で歌へ君が代（上下）　丸谷才一　●国旗や国歌について縦横無尽に語る渾身の長篇

手記・空色のアルバム　太田治子　●〝斜陽の子〟と呼ばれた著者の青春の記録

P+D BOOKS ラインアップ

フライパンの歌・風部落　水上 勉　●貧しい暮らしを明るく笑い飛ばすデビュー作

心映えの記　太田治子　●母との軋轢や葛藤を赤裸々につづった名篇

地の群れ　井上光晴　●戦中戦後の長崎を舞台にしたディープな作品集

地下水　川崎長太郎　●自分の身の上と文学仲間の動静を綴る名篇

やもめ貴族　川崎長太郎　●半生の記録「私小説家」を含む決定版

寺泊・わが風車　水上 勉　●川端康成文学賞受賞作を含む私小説的作品集

（お断り）

本書は1984年に新潮社より発刊された文庫『寺泊・わが風車』を底本としております。あきらかに間違いと思われるものについては訂正いたしましたが、基本的には底本にしたがっております。また、一部の固有名詞や難読漢字には編集部で振り仮名を振っています。

本文中には坊主、乞食、障害児、漁夫、傴僂、小使、妾、部落、外人、百姓、未亡人、女中、孤児、片眼、女だてら、看護婦などの言葉や人種・身分・職業・身体等に関する表現で、現在からみれば、不当、不適切と思われる箇所がありますが、著者に差別的意図のないこと、時代背景と作品価値とを鑑み、著者が故人でもあるため、原文のままにしております。差別や侮蔑の助長、温存を意図するものでないことをご理解ください。

水上 勉（みずかみ つとむ）
1919（大正８）年３月８日―2004（平成16）年９月８日、享年85。福井県出身。1961年『雁の寺』で第45回直木賞を受賞。代表作に『飢餓海峡』『五番町夕霧楼』などがある。

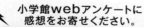

寺泊・わが風車

2025年4月15日　初版第1刷発行

著者　水上　勉
発行人　石川和男
発行所　株式会社　小学館
〒101-8001
東京都千代田区一ツ橋2-3-1
電話　編集　03-3230-9355
販売　03-5281-3555
印刷所　株式会社DNP出版プロダクツ
製本所　株式会社DNP出版プロダクツ
装丁　おおうちおさむ　山田彩純
（ナノナノグラフィックス）

ISBN978-4-09-352508-4

P+D BOOKS